Kisse Zindagi Ke

Flairs and Glairs

Publication House

"Kisse Zindagi Ke"

ISBN No: " 978-93-90416-56-1"
1st Edition

Language – English and Hindi

Flairs and Glairs
Publication House
Regd. Under MSME Act.

Disclaimer

This is a work of fiction and solely represent the thoughts of the corresponding authors of the articles. Our editors have tried their best to edit the content of all the authors and check the plagiarism.

All the write-ups in this book are unique and are only published in this book.

In case any plagiarism or error is found, only the author is responsible alone, and not the publisher or the Compilers.

Cover Designing and Book Formatting
Shubham Shah and Ishani Agarwal

Co Author

Shubham Shah (Founder Flairs and Glairs)
Ishani Agarwal (Co-Founder Flairs and Glairs)
Shivangi Jaiswal (Compiler)

1. Jyoti Singh Rajput
2. Saloni Lal Srivastava
3. Shivansh Sharma
4. अनुराग भारद्वाज
5. N Sathana
6. Krushnapriya Behera
7. Nikita Kumari
8. Priya Soni
9. N Pargavi
10. Richie Racheeta
11. Ankur Singh
12. Suchismita Ghoshal
13. Dr Tilak Dixit
14. Rupsa Das
15. Vansh Singh
16. Anupama Arya
17. Shankar Sunam
18. Abhilash Rout
19. Fraaz Khan
20. Riya Mishra
21. Abhishek Rawat
22. Bhavesh Thakur
23. Deepjyoti Chowdhury

24.S. Aarthi
25.Suresh Kumar
26.Pranjalika Sabat
27.Priyanka Kumari
28.Jaspreet Kaur
29.Sourav Bhatia
30.Shivam
31.Abhiraj Gautam
32.Warshaverse
33.Sumit Manoriya
34.Yash Tiwari
35.Thejal
36.Sachin Banoudhiya
37.Angie Uththara
38.Neelam Kumari
39.Piya kawrani
40.Debanjana Ghatak
41.Himanshu Kumar Jha
42.Megha Arora
43.अनिल मंसुरिया
44.Puja Kundu
45.Sana Ahmed
46.Arpita Priyadarshini
47.Samiksha Verma
48.Sangram Santosh Salgar
49.Sanjay Naik
50.Shubham Tyagi
51.Ashutosh Kumar
52.Shreyas Apoorv Narain
53.Najudah Tabassum
54.Shreeja Roy

55.Vedika Agarwal
56.Pratibha Kumari
57.Isha Agrawal
58.Sweta Gupta Gandhi
59.Yashika Bhardwaj
60.Aman Sharma
61.Abhilash Sharma
62.Jyotsna Vyas
63.Priyanka Patro
64.Dwiza
65.Radhika chejarla
66.Saloni Kumari
67.ओम प्रकाश लववंशी
68.Dipti David
69.Harsha Panjwani
70.Sai Tejaswi Kalaga
71.Ruma Begam
72.Tayyaba Tabassum
73.Tamanna Bhatt
74.Divyanshi Goel
75.Megha Mourya
76.Ankeeta Sahani
77.Ms. Ishrat Jahan Noormohammed Khan
78.Namrata
79.Avani Parmar
80.Bushra Shaikh
81.Neha Raghav
82.Jayant Jain
83.Divya tiwari
84.Reshma Anwar Shaikh
85.Priya Jha

86.Goldie Naik
87.कमलेश प्रकाश पारतवार
88.Priya Srivastava
89.Neena Taimoori
90.Parul Sunder
91.Parwana Bibi
92.Keerthana Suriya
93.Dulgach Pooja Singh
94.Poonam Agarwal
95.Shivani Bhardwaj
96.Sakshi Chopda
97.Komal Kalsia
98.Miral Dhokiya
99.A.K. Anchal
100.   Gunjan Kumar Panda

Shubham Shah

(Founder- Flairs and Glairs)

Shubham Shah, an entrepreneur at "Flairs & Glairs" a brand with dynamics in events organizing and cultural educational pan INDIA, is a 26yrs old guy who recently has entered the digital platform of imprinting emotions. He has initiated with his own open mic platform to help budding poets and aspiring writers under his brand named as "Teekhe Zasbaaat"

He is a commerce graduate from the Bhagalpur City of Bihar. He states Writing has impersonated him since childhood and he has now been writing for over a decade!

Cooking, on the other hand, is his passion! He also mentions, trying out new things just tickles him!

When asked sir, Why SPICY EMOTIONS?

He smiled and added, "agar jasbaat teekhe na ho toh wo jasbaat kahan" Spices are all that blends! So do his words!

As a chef, he presents to you his dish! Hot and freshly served! Taste it! Feel it! Enjoy it! You can also find his writing in the Book "Teekhe Zasbaaat" and 50+ Co-authored anthologies. With his passion to explore opportunities across Platforms, he is working with keen devotion and We wish him all the very best for his future ventures.

He is Featured in the **International Magazine De-Mode** for his upcoming solo novel.

He is **Approved by Ne8x for its Lit Fest,** and is a **Golden Star Awards 2020 Winner.**

He is an **India Book of Records Holder** for his Anthology **Satrang,** and has the **Grandmaster** title by **Asia Book of Records**, for the same.

He has also been featured in **Prabhat Khabar, Dainik Jagran** and other renowned Newspaper for his achievements. He has also been awarded with **India Star Republic Award 2021.**

He has been a proud co-author to

India Book of Records (Title- Black)

World Book of Records (Title -15 Wonders of Poetries)

India Book of Records (Title - Aaina)

Vajra World Records Holder (Title - Gustakhi Maaf Hai)

High Range of Records Holder (Title - Gustakhi Maaf Hai)

Share your reviews on his

INSTAGRAM
@spicy_emotions
@shubham4shah
Or via email on
shubham2shah@gmail.com

To stay tuned to his work and opportunities follow his business Handles

INSTAGRAM   FACEBOOK   YOUTUBE

@flairsandglairs
@teekhezasbaaat

WEBSITE:
https://flairsandglairs.in/
https://flairsandglairs.com/

Ishani Agarwal

(Co-Founder- Flairs and Glairs)

Ishani Agarwal hails from the City of Joy, Kolkata.
She is the co-founder of her Community "Teekhe Zasbaaat" and Flairs and Glairs Publication.
Been a Compiler for 45+ Anthologies, she is in the process for more. Co-authored in 150+ Anthologies. She is a India Book of Records Holder, a Vajra World Records Holder, a High Range of Records Holder and a Bravo Record holder.

Approved by Ne8x for its Lit Fest 2020, and Literary Icon 2020. Also a Golden Star Awards Winner 2020.

She has also been awarded with India Star Republic Award 2021.

She has been featured by the National Magazine "Taree Zameen Par" with the title 'unstoppable'.

Also featured in the International Magazine DeMode for her upcoming solo novel, she is proud to write on social issues, and is happy with the love she is receiving.

Connect with her on Instagram: @Ishani_agarwal_quotes / @compilations_so_far

Shivangi Jaiswal
(Project Head)

Shivangi Jaiswal is a Content Writer from Kolkata. Project Head & Coordinator at "Flairs & Glairs" brand with dynamics in events organizing and cultural educational pan INDIA. Organiser at "The Glittering Fables" Writing Community. She is a B.Com Honours graduate. Certified in Stocks & Short Selling as well as Certified in Digital Marketing Been a keen student, she has recently been Certified for learning Spanish Language. Approved by Ne8x for its Lit Fest 2020 for the Author of the Year 2020.Also, been awarded with the Real

Heros Title 2020. She loves to bring smiles and happiness to many faces, so she is into social service. Shivangi has also done her Diploma in painting, drawing and all kinds of clay making, craft works. Traveler, Teacher, Meditator, Dancer, Singer, Instrument Player. She loves to play guitar and harmonium. Also been awarded in many events for winning many cateogory Been a Public Speaker she has taken part in many events and nailed it.Been a great Advisor to many. She has also been crowned for winning Miss Great Podium 2020 Title in the cateogory Modelling recently.Sports freak of Swimming and Badminton with a passion so strong. Since, past one year she has started her writing journey. She writes so that many people can connect with their stories and get positive hopes. She thinks " Every story is unique so embrace yourself to the best".She is a writer by day and a reader by night. Been a Complier of 30+ Anthologies, and in process for more, also Co- authored 100+ anthologies. Shivangi is an old soul with young eyes, a vintage heart, and a beautiful mind."

You can follow her work:

Instagram

@the_knockingvibe

@house_of_compilations

(1)

I was your drug
You were my enemy
You dragged me and burned me.
The touch of your spark made me feel alive.
With each blow you took,
You would take a piece of me and then throw it away.
You consumed it daily as fast as you can.
Relaxing you, giving up a life.
I was fading, I was vanishing.
My ashes were rubbed in your hands.
After finishing me off.
You threw me away.
I wasn't worthful.
I wasn't unique.
I was treated when you needed me.
I was now a rubble beneath our feet.

Hey! Mr. Perfect.

Hey! Mr. Perfect.
What happen?
Why you look so strange.
Yes, I'm talking to you.

On this special day i want to thank you.
You stood by my side in the time of troubles.
You never said anything but always stayed like my shadow.
You are the most handsome, strong and cutest one.
One who thinks before he speaks.
One who is handsome by face and handsome of heart,
A great man, a great son, a great brother and a great father.
You play a very vital roles in all parts.

You are the master of my dreams to fulfill.
You make all thoughts an aim.
With your head high held, you stand for that's right.
You are everyone favorite remember this.
With your life is fun.
Days go right and bright.

Everything is alright because you are standing by our side.
Rise and shine.
Kudos to you.

(3)

Why are you afraid to drift away?
Is it heartful to break?
Or is it not enough to stay?
Is it difficult to take a risk, fly away?
Is it so?
Is it just a temporary one?
In an empty space with a broken heart?
Leaving someone handling behind?
All the twists and turns couldn't lead to our destination.
As I started navigating my way maps got complicated.
Leaving behinds all the sorrows
Taking all the laughter's
Soaking the night away.
For a better tomorrow.

(4)

In the silent street.
Walking in the dark.
Stepping blindly in the broken roads full of stone.
Tripping and falling still holding myself.
I could hear a sound at the back of me.
There was someone at the back of me.
Turning back, I could see everything dark as if no one exists.
Again, I started walking and could see someone there.
It was none other than myself who was running away from myself.
Running away from the fear of being lost
Fear of being broken
Fear of being vanished.
It was I only who was my biggest enemy as well as my friend.

The Bliss of Cry.

Bliss is all I need...
Where there is no cry, never sorrow.

Tears that fade away, love remains the same.
How daring the world will appear.
When only half dried eyes, but still tears flows away.

Hoping to never cry, never die.

Tears of sorrow, waiting for a sign of bliss tomorrow.

(The Lost Me)

कहाँ ढूँढू खुद को,
किस ओर मैं...

इन बंदिशों की जोड़ में
यूँ बंध गई उलझे डोर में
जहाँ मंज़िल न किसी मोड़ में
गुम गई मैं शबे घनघोर में...
तंज तन्हाइयों की होड़ में
ज़िंदगी की मुरझाई भोर में
अब सन्नाटों में, शोर में
कहाँ ढूँढू खुद को
किस ओर मैं...

-Jyoti Singh Rajput

(1)

शिक्षा जरूरी है इतनी
चाहिए जितनी खाने की रोटी
सारे काँटों की जड़ है अशिक्षा
क्यों नहीं समझता तू यह बात छोटी

क्यों तुम्हारे ही बच्चे हैं भूखे?
तन पर कपड़ा नहीं क्यों तुम्हारे?
क्यों ठिठुरती है मइया तुम्हारी ?
बिन दवाई के बूढ़ा बाप बड़ा रे,
जो कमाते हो जाता कहा रे
क्यों ना जुटती है तन पर लंगोटी
शिक्षा जरूरी है इतनी
चाहिए जितनी खाने को रोटी

शिक्षा केवल खेल नहीं है
जान लो मात्र तुम पढ़ना लिखना
ये भी समझो कि दुनिया कहां है
अपनी पैरों पे कैसे खड़े हो
यह शिक्षा की अंतिम कसौटी
शिक्षा जरूरी है इतनी
चाहिए जितनी खाने को रोटी

-Saloni Lal Srivastava
(IG: @salonilalseivastava)

<u>तीखी दोस्ती</u>

अब से तुम्हारी बातें भी ज़हर समान हो गई ,
और तुम्हारे इरादे भी ।
दोस्ती की कश्ती डूब ही गई,
नफ़रत और गुस्से कि कश्ती जीत जो गई,
उम्मीदों के समंदर में अब तेजाब हैं ,
अरे ये दोस्ती कहीं खो सी गई ,
मैंने तेरा ही तो साथ दिया ,
पर तूने हर बार मुझे और इस दोस्ती को झुका दिया ,
दोस्ती का साथ ऐसा छूटा ,
की नफ़रत ने हाथ थामा ,
शायद दोस्ती में ही कमी थी थोड़ी ,
पर अब उस दोस्ती का मकसद तू नहीं ,
अरे उस दोस्ती के काबिल अब तू नहीं,
दूर दूर तक नहीं चाहिए तू मुझे ,
तुझे देखने से भी , नफ़रत सी हो गई है मुझे ,
तेरा तो पता नहीं ,
पर में तो रूठ गया हूं तुझ से ,
गलती तेरी नहीं मेरी ही है सारी ,
मैने ही ना समझा इस दोस्ती को एक तीखी सी बीमारी ,
सबसे उपर और ज़्यादा तवज्जो दी ,
पर तू तो खंजर निकली ,
इस दोस्ती के काबिल ना निकली ,
नफ़रत नहीं है तुझ से ,
बस अब इस दोस्ती के काबिल नहीं है तू।।

-Shivansh Sharma

<u>मेरे पापा</u>

मेरे पापा, पापा ये एक वो शब्द है जिसके हमारी जिंदगी में होने मात्र से जिंदगी सवर जाती है दुनिया मे ऐसे बहुत से अनेक बच्चे है जिनकी किस्मत ने उनसे ये सुख छीन लिया। आज एक छोटी सी कहानी पिता के ऊपर है।

"बेमतलब सी दुनिया में वह ही हमारी शान हैं,
किसी शख़्स के वजूद की पिता ही पहली पहचान हैं।"

दोस्तो, सब कहते है की घर को माँ चलाती है, लेकिन उस घर का असली हीरा पिता होता है। आज में आपको ऐसी ही एक कहानी सुनाने जा रहा हूँ। पिता और बेटे की, तो बात उस समय की है, जब बेटा करीब 14 साल का था तो न किसी से बोलना न बाहर कोई दोस्त, बस चुप घर मे रहना पर उसकी लाइफ में एक इंसान था जिससे वो बहुत प्यार करता था और रोज उनसे बात करना उनके साथ घूमना चाहता था, जैसे सब घूमते है, ओर वो इंसान थे उसके पापा लेकिन वो कभी उनसे बोल नही पाता था कि पापा मुझे आपसे बात करनी है या आपके साथ घूमने जाने है बस वो मन मे ही सोच कर रह जाता था कि उसे उसके पापा के साथ समय बिताना है।
जैसे-जैसे समय बिता बेटा 12वी कक्षा में आ गया और फिर उसे मिले नए दोस्त उसने बाहर का माहौल देखा तो उसने अपना समय दोस्तो के साथ बिताना सुरु कर दिया।

"जब मतलबी दोस्त दिल में उतर जाते है,
तो कई सपने टूट कर बिखर जाते है."
कुछ ऐसा ही हुआ फिर उसके साथ घर वालो से ज्यादा समय वो दोस्तो के साथ बिताने लगा ओर जिन्हें वो अपना भाई सब कुछ समझ बैठा था वो तो सिर्फ मतलब की दोस्ती निभाना जानते थे। और उसने पढ़ाई-लिखाई से ध्यान हटा कर बस दोस्तो में ओर फालतू की चीज़ों पर ध्यान लगाना सुरु कर दिया, ओर वो लड़का 12वी कक्षा में फैल हो गया। उस दिन उसने अपने पापा की आंखों में पहली बार आंसू देखे ओर उसकी समझ मे कुछ नही आया, कि जिसे वो अपने आप से भी ज्यादा प्यार करता है उनकी आंखों में उसकी वजह से आँसू आये। ओर जो दोस्त उसकी हर खुसी में सबसे आगे होते थे वो दुख के समय मे उससे मिलने भी नही आये, उस दिन

उस लड़के को जीवन की सच्चाई समझ आयी, कि जिससे वो अपना सब कुछ मानता था वो तो सब मतलबी थे और अपने परिवार के अलावा कोई दुख के समय काम नही आता, सुख में तो सब आएंगे मगर दुख में कोई नही।

उस दिन उसने निश्चित किया, कि जिन आँखों मे उसके कारण आँसू आये है, एक दिन उनही आंखों में अपने लिए गर्व देखूंगा। ओर उसने अगले ही साल 12वी कक्षा बहुत ही अच्छे अंको के साथ उतीर्ण की।

दोस्तो, अगर आज आपको कोई दोस्त नही मानता है या कोई आपके साथ रहना नही चाहता, तो उसे अपनी लाइफ से जाने दो और इतनी मेहनत करो ओर ससक्त बनो, कि एक दिन वही इंसान आपसे मिलने की लिए आपको फ़ोन करे और आपको अपने बारे में याद दिलाये।

'सब्र एक ऐसी सवारी है जो अपने,
सवार को कभी गिरने नहीं देती।
न किसी के क़दमों में,
न किसी की नज़रों में।।"

-अनुराग भारद्वाज
(Ig: @Brahman_tikri)

Sunshine After the Rain

We are all different, though more or less the same;
In some way or other, we all experience pain in life's game.
Everyone has a part, that they don't want to recall,
But at least for a day, there would be a breezy rainfall.
I suppose that we all should love our scar;
Because after burning only, sun became the brightest star.
There will be light of hope in your life every day;
No Matter how small it is, never let it go away.
Remember, after today there is always a tomorrow;
If you lost your smile, there are so much around to borrow.
Life will never be the same for everyone;
So we must rise up and build our own.
One day you will feel the life's warm embrace,
That's when no more years will roll down on your face.

-N Sathana

(Ig: @sathana_nagarajan)

(1)

Tumne mujhse haar roj bahane banaya hei ,
Mujhse na milne ki.
Aj hamari najar tumhe ek bar dekhne k liy tadap rhi hei
Par yeh tumhe manjur nahi.
Or kal jab hum yahan na rahengy,
Tum tarshogy hame ek najar dekhne k liy ...
Tum hame kayi bar pukarogye hame dhundhne ki kosis karogy,
Par na tum hum tak kbhi panhoch paogye or na hi tumhara awaz mere kaanoo ko ghunjegii.
Par hum Kabhi na wapas ayengy ,
Phir laut k tumhare pas kabhi v .

(2)

"Beyshakh bas ek iqtakfak tha.."

I don't know why I got such changes certainly.

Jhn hmesha ek jhali or pglpnti krne wali ldki thi, khn aj kl hmesha chehre pe gusa njr aata h..
Khn har baat pe hme mjk sujhti thi , or khn ab Zindagi ne hme mjk bna k Rakh Diya h

Isshe Bolte hein
Kya se ky hgye ,dekhte dekhte

-*Krushnapriya Behera*
(Ig: @the_untold_talk2015)

Harsh Reality

Sitting by the window side when bore,
You become sad more & more,
Though you got many friends,
Then why all alone your day ends?

In your happiness,
You get everyone with easiness,
Then for a while,
You Cheerfully smile.

But they will not stay,
Seeing you in issues they will go away,
Whatever you do for your friends,
Aren't you left alone to think at the end?

-Nikita Kumari

(Ig: @nikitaa_187)

Masquerade World

Indeed, got fed up by biding in this counterfeit folk;
Devotion S affection among the mortals soared akin to Smoke.

Veil their inbound actuality under a cloak;
Even affiliation among kith S kin became alike poison Oak.

Currently, Folks don't commemorate even their Close kindred;
Yet, ever recognize even the skeleton holding ducats of hundred.

Disguise their black soul with the face like veil weave with golden thread;
Only virtuous S credulous mortals become a victim by being misled.

These Demos are nay distinct from our shadow or umbrage;
Appear ever in our dazzling stage yet, disappear during our ebony age.

Why they don't comport alike they are from inner?
What's the exigency to pretend their fake intimacy S care?

They are like Trojan horse came forth as delightful present Priorly;
Yet, was a stratagem of the Greeks to devastate city of Troy entirely.
They are Analogous to poisonous apple of the tale of Snow white;
which disguised itself from outward as charming, red S bright.

O Lord! unfetter us from this world of lies;
Fetch us to a dwelling where affinity S love never dies.

~Priya Soni

(Ig: @duc0eur)

Read to Lead

Learn lessons from ignorance and failure.
Life teaches drastic lessons to us
We should utilize it properly.
The handle of the kite is in our hand,
Let it make us fly in high.
Life is a mixture of failure and success;
Sometimes failure may hit our life like a storm,
But a hope of catamaran leads us to the shore of success.
Don't depend on others,
Even your shadows left you alone in darkness.
Don't let the fate to draw the picture of your life,
Let you love and write the fate of your own.
Let you embrace the world with love,
Ignite your minds to be inspirable,
Face with courage, the failures,
Encourage others to attain enlightenment,
Let us live the life to its fullest.

-N Pargavi
(Ig: @azna_tit2)

Since I Met You.

Since I met you,
It's like a constant déjà vu
U perfectly fit into the character,
That my heart did always whisper,
Never to me,
Had any stranger felt before,
For I had found
In you, a living metaphor.

Just like Dumbledore,
You came in,
As my Theodore Salvador.
After infinite yearning'
On an unfaltering' road,
Like stars from contrasting poles,
Our antithesis souls crossed
Each other's paths,
And I finally knew
I had found myself in you.

I still remember
The tumbling beguiled way,
I fell in love with you,
Fascinated by the blue,
I dipped myself into your fondue.

For we are like the perfect
But imperfect pieces of jigsaw,
Who indeed are needed in the life,
To rightly balance the seesaw.
Together, we are Forever!

-Richie Racheeta
(Ig: @_richieracheeta_)

<u>वजह मेरे खुश रहने की</u>

लोग अक्सर पूछते हैं वजह मेरे खुश रहने की।
मै छोड आता हुँ पीछे वजह सारी सहने की।।
मै रखता नही कोई बात दिल मे कहने की।
शायद यही है वजह मेरे असुओ के न बहने की।

ना किसी के आने उम्मीद औऱ न किसी के जाने का
गम रखता हुँ ।
मै तो बस आने औऱ जाने वाले का शुक्रिया करता हुँ ।।
मै तो दुआं करता हुँ उसके भी खुश होने की।
शायद यही वजह है मेरे कभी ना रोने की।।

ना बीते कल का गिला ना आने वाले कल कि फिक्र करता हुँ ।
मै तो बस आज मे ही खुश औऱ आज मे ही सबर रखता हुँ ।।
रखता हुँ उम्मीद कल को भी अच्छा कहने की।
हा शायद यही वजह है मेरे खुश रहने की।।
हा यही वजह है मेरे खुश रहने की।।

-Ankur Singh
(Ig: @ankur_ak_gzb)

May Life Bring Joy

An astonishing story is this life,
Sometimes fills us with unexpected happiness,
And sometimes with the hardships.
Life is a big lesson learnt from experiences,
Offering us the moments of warm joys
And drenching us with the nostalgias.
Storms are a part of this unpredictable life
Where our roots turn a little feeble
And we water it to make it stronger.
After a long tiring period, comes
The fulgurating rays of enthusiasm,
We need to captivate it in our souls
To make our life a little bit enchanting.
Fabricated things will eventually lose its charm,
When the truth will mesmerize us to win.
Living each and every moment with the pride
And breathing the oxygen of enigma
May bring the glorious motion in all our lives.

-Suchismita Ghoshal
(Ig: @storytellersuchismita)

(1)

Sheesho ke Hisse bhi the zindagi me
Kisse bhi the Zindagi me

Aasu aur pyaar bhi the zindagi me
Kisse bhi the Zindagi me

Takraar aur Inkaar bhi the zindagi me
Kisse bhi the Zindagi me

Inkaar aur Intazaar bhi the zindagi me
Kisse bhi the Zindagi me

-Dr Tilak Dixit

(Ig: @Right2write_the_left)

(1)

Just take me someplace where there would be just our existence because I have a lot to say and you have a lot to listen.

-Rupsa Das

(Ig: @rupsaaaa._)

(1)

Kisse zindagi ke to anginat hote hain...
Hisse zindagi ke aksar kisse ban jaya krte hain...
Kissa kisi ke pyaar ka.
Kissa kisi ke vaar ka...
Kissa dostii ka.
Kissa parivaar ka.
Kissa dhoke ka.
Kissa vishvaas ka...
Zindagi apno kii...
Zindagi ke hisse vo hamare.
Kuch hasi ke the kuch ghamo ke the...
Zindagi ke har hisse.
Khatte meethe kisse the...

-Vansh Singh
(Ig: @vanshsingh018)

ज़िन्दगी की जंग

ज़िन्दगी इतनी भी आसान नहीं ,सपनों की यहां कोई बुनियाद नहीं ।

मेहनत सभी करते हैं ,पर हर किसी के हौसले में वो आग नहीं ।

मील का पत्थर तो सब बनना चाहते हैं पर वहां तक पहुंचने का हुनर सब में नहीं होता ।

बिकते तो यहां सब हैं हर कोई सच्चा इंसान नहीं ।

अपनों की कदर अपनों का सम्मान ये बहुत छोटी बात है इधर ।

लोग बड़ी - बड़ी बातें तो करते हैं यहां पर उस पर कोई भी अमल करता नहीं ।

मन्दिर मस्जिद यह सब की सोच के परे है ,यहां हर कोई भगवान नहीं ।

गली कूचों में दो दो रुपयों में सबके ईमान बिकते हैं , यहां कोई भी दूध का धुला नहीं ।

यहां जैसे कोई रेस है ,हर किसी को पहले नंबर पर आना है ।

यहां अपनों पर तंज कसे जाते हैं ,गैरों से हाथ मिलाए जाते हैं ।

यहां अपनों को उठता देख उसके घर जलाए जाते हैं ।

यहां मां तो है पर उसके लिए घर नहीं ,जब तक जिसका फायदा है वो अपनो के साथ सही ।

यहां चंद रुपयों के लिए खून भी हो जाते हैं जीवन जीना इतना भी आसान नहीं ।

-Anupama Arya

(Ig: @Shortandsweet.anu)

(1)

अपना दिल ही मैंने जब दे दिया तुम्हें,
कहते हो अब दूं गुलाब; जरूरी है क्या
समझा करो न खामोशियाँ भी मेरी,
हमेशा बोलके देना जवाब; जरूरी है क्या
हां माना के शक्ल इतनी अच्छी नहीं मेरी,
पर मेरी नीयत भी हो खराब; जरूरी है क्या
हां देखती हैं मेरी नजरें तुझे हर दफा,
पर मेरा नजरिया भी हो खराब; जरूरी है क्या
तो क्या हुआ अगर सादगी पसन्द हूँ मैं,
मेरा होना लाजवाब; जरूरी है क्या
इश्क तो देखता नहीं औकात किसी की,
मेरा होना कोई नवाब; जरूरी है क्या
कोशिश करूंगा पूरी ये वादा है मेरा,
पर पूरा कर पाऊँ तेरा हर ख़्वाब; जरूरी है क्या
तुम जो कहते थे तो सिगरेट छोड़ दी मैंने,
अब छोड़ना ये शराब; जरूरी है क्या
मैं जैसा हूँ वैसा भी तो कबूल कर सकते हो न,
मैं रखूं कोई नकाब; जरूरी है क्या
तुम अपने नाम में भी तो हसीन हो,
तुम्हें कहना फिर महताब; जरूरी है क्या
अब तो मैं तुम्हारा अपना हूँ न,
तो मेरे सामने ये हिजाब; जरूरी है क्या
एक शायरी में भी तो बयान हो सकती है दास्तां सारी,
मैं लिखूँ पूरी किताब; जरूरी है क्या

-Shankar Sunam

(Ig: @shankaraye.garg)

A Promise Between Us!!!

Together we dreamt
of spending our life permanently.
But because of some useless
random person who had entered
between us,
and created some misunderstandings
between us, it doesn't mean
that I have started hating you.
I am just waiting for you to hold
my hands again and to
walk the rest of the path of life
together till the last sunshine
for anyone of us.
I will always be with you and
will never ever leave you.

-Abhilash Rout

(Ig: @coolcapt_abhilash)

" अधूरे दास्तान "

उसके आने से मेरी दुनिया में
खुशियों की लहरें उठने लगी ।

उसके आने से मेरी दिल की
धड़कन जोर से बढ़ने लगी ।

उसके आने से मेरी जिंदगी की कश्ती
फिर समंदर में लौट चली ।

निकल पड़ी खुली समंदर के तरफ
जिंदगी की कश्ती उसे साथ लिए ।

अचानक हल्की सी हवा आयी
और उसे अपने साथ लहराती हुई ले चली ।

तूफ़ान सा नुकसान देकर
मेरी जिंदगी की कश्ती उसे किनारे खड़े कर गयी ।

सोचा न था मैं ने होना पड़ेगा उस से जुदा
कैसे गुज़रेंगे अब जिंदगी उसके बिना ।

-Fraaz Khan
(Ig: @fraaazkhan)

" मौसम और मिज़ाज "

कभी फुर्सत निकालो
कुदरत को देखो ज़रा ।

कभी वक़्त निकालो
खुद को समझो ज़रा ।

आसमा एक मौसम अनेक,
दिमाग एक मिजाज़ अनेक,

कभी ठंड कभी गरम,
कभी सख्त ,कभी नरम ,

दिन हो या रात,
सताती एक बात।

कब बदलेगा ये मौसम,
कब बदलेगा उसका मिजाज़।

-Fraaz Khan
(Ig: @fraaazkhan)

प्रकृति.

हर प्राणी ने खुदा से मांगी थी जन्नत
लगता है जैसे पूरी हो गयी वो मन्नत

चारों ओर हसीन वादियां
और तबस्सुम की चादर ओढ़े रंग-बिरंगे फूल
वो मीठी से बहती हवा
और वो उड़ती हुई धूल
यही तो है प्रकृति,यही तो है जीवन |
यही तो है सौंदर्य जो मोह लेता है मन ||

वो खिलखिलाती हुई धूप
वो हसीन झमझमाती हुई बरसात
दिन में उन तितलियों का हवा से बातें करना
और वो जुगनुओं के चमकने वाली रात
यही तो है प्रकृति,यही तो है जीवन |
यही तो है सौंदर्य जो मोह लेता है मन ||

कहीं रेगिस्तान की गरम रेत
कहीं बर्फ की ठंडी चादर
कहीं सीना चौड़ा किए खड़ा पर्वत
तो कहीं पानी का बहता सागर
यही तो है प्रकृति,यही तो है जीवन |
यही तो है सौंदर्य जो मोह लेता है मन ||

हाय! महताब की शीतलता
आफ़ताब की वो गर्माहट
दिन में चिड़ियों की चहचहाहट
रात में पत्तों की सरसराहट

यही तो है प्रकृति,यही तो है जीवन।
यही तो है सौंदर्य जो मोह लेता है मन॥

-रिया मिश्रा
(Ig: @riyamishra_2662)

Such Is Life

Tears of mixed emotions come to my face,
While recalling those moments of sadness and grace.
But then, such is life
We all grow up,
That's the order of it all.
Being a child; happy and naïve
With wish to become older.
Then being a wanderer; "a teen",
Stuck in confusion and always lost.
Then to become an adult; a so called "adult".
Responsibilities come your way, and you change.

But what if you don't want to?
What if, by some small chance?
Just if one doesn't want to grow?
If one doesn't want to change?
If one doesn't want to have any responsibility?
What if one only wants to be a child?
Happy and naïve

What if, by some occurrence or magic?
We only want to stay the way we are?
Without choices or any decisions,
And that life altering mistakes?
What if we just want to be happy forever?
With no cares or worries,
But, alas, such is life.

Life, of all things, is to grow
To change, to make choices and decisions.
Though, they may be life altering
But, no one can really run away from it.

So, now I must make my decisions,
For it is me to choose and decide.
And accept my responsibilities, I may not want them
But, then alas,
Such is life.

- Abhishek Rawat

(1)

You're the center of my dream, and knowing you are with me makes me the happiest person in this world. I remember our first and how my heart beats for you. Our souls become one when our eyes met each other. Seeing you is feeling everything is fine. You are my best friend, my soulmate and my lover. You mean the world to me and I will always love you! We understand each other. We listen to each other. We inspire each other to become stronger with each passing day. You are the best boyfriend of all. You are so amazing, and you do everything to make sure I'm taken care of. I have for the first time found what I can truly love I have found you. You are my sympathy, my better self, my good angel; I am bound to you with a strong attachment. I think you are good, gifted, lovely a fervent, a solemn passion is conceived in my heart it leans to you, draws you to my center and spring of life, wraps my existence about you and, kindling in pure, powerful flame, fuses you and me in one. I just wanted to take this opportunity to say thank you. Thank you for everything you've done for me. Thank you for loving me and accepting me unconditionally and providing me with undivided love and attention. You've been there for me through everything. Thank you for helping me grow into the woman I have become. My beloved, you are the greatest thing in my life and it breaks my heart to see that you are hurt. And I hate knowing that I have upset you. The last thing I want to do is hurt your feelings and make you feel sadness and anger. I wish that I could always see your smile and hear your laughter. Your happiness means the world to me.

-Bhavesh Thakur

(IG: @Unspoken_words_59)

A Beautiful Gift

Life, a beautiful gift full of uncertainties. If we sit and count, we would be able to find out hundreds of untold stories embedded deep into our hearts. Some of them make us smile and some of them starts haunting us. The one thing we need to understand is that in order to love who we are, we cannot hate the experience that shaped us to be so. Each and every instance taking place in our life is for a purpose. For molding us and shaping us to be what we are born to be. So, enjoy each and every day of your life and when things do not work out just know that it's the protection from the universe and it's for the best.

-Deepjyoti Chowdhury
(IG: @dj_writes_to_heal)

When I Got A Sibling from Another Mom....

From childhood, I love to write plenty of quotes, essays like that. Many peoples laugh at me. When am choose writing as my career many people said you are just squandering your eternity? like full of negativity am clenching.

At one point am just tired of everything that is endured by my surroundings. I just take a sudden break from all over i.e. just forget about my fascination at all of this federation. And started doing my regular works and all. Then started a missing the real-life of me coz of quitting my commentaries. then hardly I come to comprehend because of writings only I could endure.

One fine day my close friends get appear to me and said u r a stupendous writer why not exposed it wide? Am think about it and am starting to put my stuff as a quote and just relishing to engage with this.

Suddenly, I met a guy on Instagram he texted me, sis is u ready to write a book? am just astonished because nowadays our own blood can't trust us greatly. i doubt myself but that budding one said that u have the power to make it.he doesn't know how great is that word to me.in that moment I felt out of the globe. Because nowadays, no one can ready to understand the pain of failures, insecurities, injustice until they come to know. that Lil one gives a lot of hope and strength to mend he proves that maturity is not defined by the age. Nd that was an unforgettable moment for me when am got a sibling from another mom.

Yeah, guys in this suppressed world all we are a sprinkle of love, support, inducement, and the opportunity to the real

talents if u r in the position to give a lot. yeah now a co-author of many books and my talents were recognized by many ppl and my face caught up by many individuals. It's all happened to me coz of his support. all we need one to push ourselves towards our destiny. Nd he is the one could do for me.learn more even in the small commodities.be a good learner and a good listener of your own story.no become a good student until they get a good tutor. i get my brother as my tutor and am much proud of it.

This is the incident that creates the greatest impact on my own life that I want to share "when I got my sibling from another mom".

-S. Aarthi

(IG: @theseekerquote)

हर किसी की जिंदगी में कोई न कोई किस्सा तो जरूर होता है। चाहे वह किसी भी प्रकार का हो, एक किस्सा मैं अभी बताता हूं जब मैं मेरे विद्यालय में था। कक्षा दसवीं की बात है मेरा जन्मदिन था तो हमने हॉस्टल में रात को सब्जी बनाने की योजना बनाई। मेरे सभी सदनसाथी भी साथ में हिस्सेदार थे। अक्सर हॉस्टल में किसी भी छात्र का जन्मदिन होता था तो हम रात को नमकीन की सब्जी ही बनाते थे। हम मैस में करीब रात को 8:00 बजे खाना खाने के लिए जाते थे। और चूंकि रोटियां हमें मैस से ही लेनी थी तो हम ने बड़ी चतुराई से रोटीयाँ चुरा ली और एक थैली में इकट्ठी कर दी। बाहर अध्यापकगणों का सख्त पहरा होने की वजह से मुख्य दरवाजे से रोटियां ले जाना काफी मुश्किल काम था। इसलिए हमने खिड़की में ही रोटीयाँ छुपा दी और हम अपनी हॉस्टल में वापस आ गए। कुछ देर बाद सदन से वापस वहां थैली लेने गए तो वो रोटियां की बड़ी थैली एक गाय खा रही थी और हम इस प्रकार हमारी योजना पूरी तरह से विफल हो गई, और उस रात हम सब भूखे ही सो गए ।

-Suresh Kumar

(IG: @mr_navodayan)

Kalam-E-Zindagi

Aey Zindagi Aaj Meri Bhi Kya Kismat Ayi,
Teri Kaifiyat Likhne Nikle Hein Hum.
Tu Ne Di Hume Ruswai Par Humne Na Kabhi Ki Shikayat ,
Tu De Raha He Marham Bhi,Par Bada Kamzarf He Yaar Tu,
Na Di Hidayat , Bas Chin Li Humse Mohabbat .
Thoda Thehrta Tu Kisi Din Mere Dil-E-Becheni Ko Samajhta,
Par Kahan Tu Ne Toh Sirf Zalzala Lana He,
Zaalim Mizaz Tera Ab Na Sudharna He
Adat Si He Tujhe Aur Ab Mujhe Bhi Ki
Tere Sitam Haske Sehlun
Wakt Ke Saath Tu Na Badla Bas Badlav Ko,Mera Humsafar
Bana Beitha He Tu.

-Pranjalika Sabat

(IG: @raw_tales)

(1)

जो भी हुआ अच्छा हुआ
बच्चा सा दिल अब कच्चा हुआ

कुछ पराये अपने बने कुछ अपने पराये हुए
इस कशमकश में सच्चे रिश्तो का उदय हुआ
जो भी अच्छा हुआ

दिल भी टूटा, बिखरे भी हम
पर समय पे सम्भाल खुद को सच्चाई से परिचय हुआ
खेर जो भी हुआ अच्छा हुआ

अपनो सा अहसास करवा पीठ पीछे ख़ंजर घोपा
अच्छाई की मूरत के पीछे एक बुराई से परिचय हुआ
खेर जो भी हुआ अच्छा हुआ ।।

-Priyanka Kumari
(IG: @Baghlapriyanka)

Heartbreaks

Heartbreaks are the most painful thing
they can break you and make you as well
You will feel shattered and completely lost
it feels like there is no way out

Life is the best teacher and healer
you learn best from your own mistakes
Moving ahead is the only option
whatever you lost never cry over that

Circumstances are there to test you
how well you know to deal with them
Be patient and try hard from your side
Hardships will definitely pay you back

Always count upon on your failures
they will guide you the best way
It's your duty to make your life worth
Don't waste it over heartbreaks

-Jaspreet Kaur
(IG: @inkked_solace_)

वो इस कदर सामने आएंगे ये मैं नहीं जानता था।

सपनों में जिसे देखता था भगवान से जिसे मांगता था वो इस कदर सामने आएंगे ये मैं भी नहीं जानता था, पास नहीं जा पाता था बस दूर से देखकर ही मुस्कुरा लेता था और उनसे बात करना तो दूर जब वो देखते तो अपनी नजरें झुका लेता था, मैं उन्हीं को रब और उन्हीं को जग मानता था वो इस कदर सामने आएंगे ये मैं भी नहीं जानता था जब वो मेरे सामने से गुजरती थी तो मेरी सांसें रुक जाती थी दिल धड़कना भूल जाता था,अब उनको कोन बताए कि मैं तो बस उनके लिए ही स्कूल जाता था। पर कभी सोचा नहीं था कि पहले इजहार वो करेंगे,जिनपर मैं मरता था वो भी मुझपर मरेंगे और जब किया इजहार उन्होंने अपने प्यार का वो पल कुछ ऐसा था आंखें खुली की खुली रह गई थी, सांसें रुक गई थी, दिल ने धड़कना बंद कर दिया था वो पल एक फिल्मी सीन जैसा था, और वो इस कदर इजहार करेंगे ये मैं भी जानता था तो ही तो कहता हूं कि वो इस कदर सामने आएंगे ये मैं भी नहीं जानता था
मैं भी नहीं जानता था।

-Sourav Bhatia

(IG: @_souravbhatiaofficial)

(1)

हवाओं ने वादा किया था घर को हवादार करने का,
उसूलों ने वादा किया था हमें वफादार करने का।
लकीरों से बनाने में लगे थे अपनी किस्मत को हम,
जब जमीं ने वादा किया था हमें जमींदार करने का।
हम छोड़ आए उस पेशे को अपने भरोसे पर,
जब हुनर ने वादा किया था हमें मालदार करने का।
मैं उससे दर्द सहने की काबिलियत सीख रहा हूं,
जब मिट्टी ने वादा किया था हमें कर्जदार करने का।
मैं अपनी उलझनों से उलझने लगा हूं बेफिक्र होकर,
हौसलों ने वादा किया था हमें हिस्सेदार करने का।
और ये मिलना बिछड़ना सफ़र का अहम किस्सा है,
जिंदगी ने वादा किया था चटाखेदार करने का।
जुगनू से चांद के चमकने तक का रास्ता तय करना है,
लिखावट ने वादा किया था हमें जिम्मेदार करने का।

-Shivam

(IG: @k_a_a_v_i_s_h)

बचपन

वो बचपन कि यारी,
एक साइकिल ३ सवारी,
तब पैसे थोड़ा कम था,
फ़िर भी जीवन में उमग था,
वो शिक्षक के ताने,
वो दोस्तो के बेसुरे गाने,
तब मां बाप का था खौफ,
फिर भी बदमाशी थी बेख़ौफ़,
वो भाई बहनों में अनबन,
घर का एक छोटा सा आंगन,
जहां होती थी हमारी मौज,
हाथ थी बंदूक और हम थे फ़ौज,
वो दादी और नानी के किस्से,
एक रोटी के होते थे दो हिस्से,
वो छोटी छोटी कहानियों का संगम,
ऐसा था हमारा नादान सा बचपन,
मगर आज भी जब पलके झपकाते है,
तब वो बचपन के दिन याद आते है,
और हमे मन ही मन रुला जाते है।

-Abhiraj Gautam
(IG: @rising_pen)

ख्वाइशें ज़िन्दगी की

किस्से ज़िंदगी के चलते रहते है, रात से दिन दिन से रात होते रहते है
यूँ तो चल रही है ज़िंदगी लेकिन अधुरापन बांकी अब भी है
ख्वाइशें तो थी कुछ कर गुज़रने की, चाहत थी आसमान को पाने की मेरी
मेरी कमजोरी थी नाकामियों में शायद, जो अन्धेरे में खो गये हैं हम
उम्मीद है बस एक उजाले की, अन्धेरे को मुझसे दुर करने की
उड़ जाऊँगी मैं ऊँचे गगन में, पंछी बन कर मस्त पवन संग
पूरी करूँगी अपने सपने सारे और ख्वाइशें इसी जनम में,
जियुनगी ज़िन्दगी अपने शर्तों पे, उम्मीद नहीं मुझे अब किसी और से
ज़िंदगी की सारी ख्वाईशों को हासिल करूँगी मैं अब अपने दम पे

-Warshaverse (Premlata)

(IG: @Warshaverse)

जिंदगी का लतीफा

हँसते हुए जी लेना जीवन, घुट घुट के भी कभी रहना है
सीधे राह में चलना हमेशा, कभी टेड़ी राह में गिरना है।।

मीठा बोल लेना सबसे ,कभी तो कड़वा रस तुमको पीना है
दिल के अरमान पुरे कर लेना,कुछ तो अधूरा दिल में रहना है ।।

माँ बाप की ख्वाहिशों में,खुद के सपनों को समेट लेना है
चार दिन की जिन्दगानी में,तुम्हें सबको मुस्कान देना है।।

इस भीड़ भाड़ की दुनिया में,छटा खुदकी चारो ओर बिखेरना है
लाखों आते है दुनिया में,पर खुदको एक पहचान देना है।।

रोते हुए आये थे दुनिया में,पर हँसते हुये तुम्हें बिदाई लेना है
यही तो है जिंदगी का लतीफा,सबको इससे इस्तीफा देना है।।

-Sumit Manoriya

(IG: @_13_shayar)

Umeed

हाँ माना वक्त बुरा है पर सुधर जाएगा,
काले बादलों को छांट कर उम्मीद का नया सुरज आएगा,
हिम्मत और समझदारी से सही फैसले तु लेता जा,
हाँ माना मंजिल मुशकील है पर सफ़र कट जाएगा।

इस दुनिया पर बिमारी के रूप में एक कहर छाया है,
परीवार के साथ वक्त बिताने का मौका हमने पाया है,
बांट तू कुछ लम्हें खुशी के अपनों के साथ,
क्योंकि अब लोगों से दूरी बनाने का समय आया है।

अपने दोस्तों और परिवार को जागरूक तूझे बनाना है,
मिल जुल कर हमें अपने देश को बिमारी से बचाना है,
वक्त की कीमत उसके बित जाने पर ही समझ आती है,
सुरक्षा-सफाई-समझदारी ही हमें एक जिम्मेदार नागरिक बनाती है।

रख अपना ध्यान और कर सही-गलत की पहचान,
रह कर अपने घर में अपनी जिम्मेदारियों को तू जान,
बना सुरक्षित अपने देश और समाज को,
ताकि फिर से हम बना सकें एक स्वस्थ हिंदुस्तान।

-Yash Tiwari

(IG: @beingyashtiwari)

A Part of Life

There were good days for her. All the pleasant moments made her life bloom. But the downhearted phase was something unusual yet invisible and only came in contact with her desperate inner peace killing it without even she herself knowing it.

Every time when she met someone new, they just capture a picture of her complicated mind and that was something she hated the most. "She was different" saying this would be really common in this judgmental society yet she would whisper it on her own every night while gazing at the beautiful stars which reminds her of all the lost ones who once hurried away through the streets carrying their heavy dreams. She was sure that her favorite person doesn't know that she's an alcoholic. But she was also sure that he's the only person who knows every bit of her insane soul. She barely knew how much her mom loved her. Yet she carries her photo everywhere she roams. Quiet piece of art that she drew on every handwritten letter she received was always close to her heart. Coffee and the 3am moon were her best friend. Still she never compromised with those terrible bottles that took her to a world where everything is in a rhythm everything is as light as she wants it to by. As if there is no gravity Wanting to dance like the professional ones...erasing the cracks in her voice so that the song seems smooth enough that the audience would get a feel. jumping and running in her utmost capability. All this was nothing but just the vague dream she saw which was nearly impossible enough to happen in reality. Grief..pain..and downturn adds up in her journey to fill up the pages in her journal. And the same becomes a part of the ghost in her...a part of her life.

-Thejal

(IG: @scars_of_selenophile)

Suno Independence Day Aa Raha Hai!!

Fir Se Ab Sabke Sirf
Status Mein He Tiranga Dikhega
Deshbhakti Firse Ek baar
Saal Mein Dusri Baar Jaagne Wal Hai

Aajzad Hum Angrezo Se Hue The
Par Fir Bhi Padosiyo Ki Watt Lagne Wali Hai
Desh Ke Liye Khoon Bahane Ki
Baat Karne wale log Wohi hai
Jo Khud Apne Kaam Ke Kiye
Desh Ki sarkar Ko Chuna Lagate hai

Apna Kaam Nikalne Ke Liye
under the Table Muh maangi
Rishwat Khilate Hai
Zara School Jaakr Dekho
Sabse Jyada Ghoos Khane wale Ko
As A Chief Guest Bulaya jaarha hai

Ha sahi Suna aapne
Independence Day aarha hai

-Sachin Banoudhiya
(IG: @Sachin_banoudhiya)

Game of Warlords

He let the weapon clatter on to the ground
Looked sideways to look to see the clinger of swords died down
Shouting's of the slaughter was hushed
Silence lay in the red stained snow
Snow covered the broken blades
And dead lay in heaps
The unburied corpses laid among the buttercups and forget me nots
He reflected the men fighting till their last breath
Young Army of Conquerors wielding swords
Without showing off mercy
It was like a gladiator's arena without the cheering blood thirsty crowd

He fell over and knelt upon his knees
Took hold of a corpse of a young girl
Tears splashed over her dress as he kissed her forehead
Though his heart ached he knew that she was safe with The Lord
"This is nothing but a rich man's war and a poor man's blood"
He said bitterly. His own hands were shaking so badly
His pale hands were covered with scarlet blood
This spectacle of men driven insane by hatred

-Angie Uththara

(IG: @_wordvow_)

Pain

इंसान एक,
और ज़िन्दगी दो जीती थी।
बाहर हंसती ,अंदर ही अंदर रोती थी।
उसकी जज्बातें बेजुबां थीं,
कलम ही उसकी जान थी।
और किताब में ही उसकी मान थी।
दिल की धड़कनें वजूद खो रहीं थी।
लिखती कहानी दर्द की,
बातें थी उसकी फर्ज की।
लिखना था नहीं आसान,
दर्द पहुंचाती थी उसे शमशान।
कोई अता नहीं दुख में क़रीब,
एक बारिश ही थी जो उसके साथ रोती थी।
इंसान एक,
पर ज़िन्दगी दो जीती थी।।

-Neelam Kumari
(IG: @_word____addict_)

(1)

परिंदे बनाते है अपना घर ।।
छोड़ भी जाते है अपना घर .
वक़्त नहीं लगता बडे होने में...
कहि न कही दूर चले जाने में।।
वकत से आगे है उनकी उड़ान।।
छोड़ना पड़ता है अपना मुकाम।।
वापिस आने की आस मैं जिन्दगी निकली जाति है ।।
बस कुछ ख्वाब ओर यादें रह जातीहै।

-Piya kawrani
(IG: @Piyakawrani)

God, my Best Friend

Dear Diary,
Today I made God, my best friend. You want to know why? Because He is unique and exceptional. He is the only person who listens to my heart's cry and helps to overcome my sorrows. As you know yesterday, I was very sad and depressed so I prayed to Him and believe me as soon as I prayed, He listened and solved my problems. I had doubts about His power but now all my doubts are clear and I know that God is right here with me and just a call away.
God loves His children and in return seeks our love too. We must believe that there is a supreme power which loves and guides us.

-Debanjana Ghatak
(IG: @dgwrites_)

सीख

वो कथा है ये जिसने हम सब का दिल और मन जीता है,
वो किस्सा है ये जो हम सब का चहिता है,
हर पहर हम शीतल करती ये पवित्र सरिता है,
हर पल देती सीख हमें श्रीकृष्ण कथित ये पावन गीता है,

इस कथा की ये सीख का पालन नहीं आसान है,
ये सीख इस पवित्र कथा की शान है,
दोस्ती में ही बसती मानवता की जान है,
दोस्ती हर दोस्त का सच्चा अभिमान है,

इस कथा की अगली सीख का शिद्दत से आभार है,
इस सीख में हो रहा हर पल प्रेम सत्य का उभार है,
प्रेमसत्य की होनी विजय सुनिश्चित हर बार है,
प्रेम हर प्रेमी का प्रियतम ऐतबार है,

इस कथा का कण - कण में प्रसार है,
हर पल विशाल हो रहा इसका आकार है,
जीवन के हर इम्तिहान में इस कथा का परिसार है,
इस कथा की हर सीख का प्रतिकार ज़ोरदार है।

-हिमांशु झा
(IG: @the_poetic_shayar)

ज़िन्दगी का सफ़र

प्यार भी होता है, नफ़रत भी होती है
गुस्सा भी आता है, रोना भी आता है
ज़िन्दगी के सफ़र में ऐसा भी पल आता है।

अकेलापन भी लगता है, सबके साथ रहने को जी भी चाहता है
टूटा हुआ मन है, लेकिन फिर से जुड़ना भी चाहता है
ज़िन्दगी के सफ़र में ऐसा भी मोड़ आता है।

विश्वास भी करना चाहता है, धोखे से भी डरता है
ये दिल है साहब! दिमाग से कहां सोचता है?
ज़िन्दगी के सफ़र में ऐसा भी इंतेहा होता है।

घाव देने वाले भी मिलते हैं, ज़ख्म भरने वाले भी आते हैं
चेहरे पर मुस्कान लाने वाले भी मिलते हैं, दिल को खुशी देने वाले
फ़रिश्ते भी आते हैं
ज़िन्दगी के सफ़र में ऐसे लोगों से भी मिलना होता है।

सबको अपना बनाकर, फिर खुद को ही ढूंढना पड़ता है
चेहरे पर मुखौटा लगाकर, झूठी मुस्कान भी हंसना पड़ता है
ज़िन्दगी के सफ़र का हिसाब ऐसे भी करना पड़ता है।।

-मेघा अरोरा
(IG: @_._._megha_._._)

शीर्षक: - किस्सा ए गीत-अनिल

हे बाङमेरी ।इस रंगीन जहाँ में कुछ किस्से उलझे हुये तो कुछ सुलझे से तो कुछ बेहद हसीन है जिन्दगी में किस्से।

कुछ ऐसा ही होता हैं किस्सों का सफर ए जिन्दगी में।

मेरा भी कुछ ऐसा ही किस्सा है , जो किस्सा बनकर मिली थी ना जाने वह मेरी कब कहानी बन गई। जो मेरी जिंदगी का किस्सा ही नहीं खुबसूरत हिस्सा है उसी से मेरी जिंदगी की हसीन सुबह उसी से मेरी रंगीन शाम हो जाती है। वो मेरे हर शब्द के झर्र झर्र में बसी है । वो मेरे चेहरे की हसीन मुस्कुराहट है वो मेरे ख्वाबों ख्यालों में बसी है। मैं उससे वो मुझसे जुड़ी है। मैं ठहरा चाय का शौकीन वो ठहरी काफी की दीवानी। वो मेरे से दूर भी है लेकिन सबसे करीब भी वहीं ही है अब। जो बिल्कुल चाँद सी दूर भी गुरुर भी नूर भी। कितना कुछ संजोया हम दोनों ने हसीन ख्वाब बुने है वक्त के दरमियान जिससे जिन्दगी हसीन हो गयी है हम दोनों की। अरे.।कहाँ खो गये सब मैं अपनी नादान पागल अल्हड़ भोली सी गीत(चिकू/गीता भियाजिया) की बात कर रहा हूँ।

-अनिल मंसुरिया
(IG: @Anilmansuriya)

"ज़िंदगी - एक सुहाना सफ़र "

दो चर दिन कि हे ये ज़िंदगी
खुल के हसो
खुल के जियो

अज वक़्त बुरा हे,
तो कल सहि भि तो अयेगा.
सबर रखो,
ये पल भी, युन हि गुज़र जयेगा .

क्या होगा, क्या नहीं?
कब किसको पता है?
वक़्त रेह्ते मनलो जशन,
कल किसने देखा है?

तुम बस अगे बधो,
और कभी रुकना मत्.
तुम बस हौस्ला रखो,
और कभी झुकना मत्.

रोते हुए हि तो अते है सब,
रुलाते हुए जना हे,
बीच का ये सफ़र यारों
बेहद सुहाना हे.

-Puja Kundu

(IG: @Puja Kundu)

Self-Assured Life

When I look at My Life,
I want to see myself to shine.
"Never want to Give up on all that she does"
That's how I would be defined.

Sometimes feeling down on my luck
But still I will be looking up.
"I'm going to shine" got to be uttering
Like the quacks of the duck.

I will be painting dark clouds of my life
With the tears I shed on everything.
Everywhere I go, Even in my shadow
I would be looking for colors.

Accepting every challenge,
As this could be the start to spread my wings.
With every fall I'll grow
That's how I would shine and glow.

-Sana Ahmed

ये कैसा कर्ज़.मां?

ना किसिको चाहत बनाना चाहते हैं,
ना कीसिकी चाहत बनना चाहते हैं,
ना किसीको हमदर्द बनाना चाहते हैं,
ना किसीकी हमदर्द बनना चाहते हैं,

तेरी धड़कन ही ज़िन्दगी का किस्सा है मेरा,
तू ज़िन्दगी का अहम हिस्सा है मेरा,
वो पूछती है क्यूं प्यार है मुझे उससे,
कैसे ना करूं उससे प्यार,
जो मुझे मुझसे ज़्यादा प्यार करती है,
जन्नत का दीदार किया था,
जब उसने मुझे अपने सीने से लगाकर प्यार किया था,

ये मोहब्बत सिर्फ तुझसे लफ़्ज़ों की नहीं मां,
रूह से रूह तक का रिश्ता है तेरा मेरा,
मंज़िल दूर और सफर बहुत है,
छोटी सी ज़िन्दगी की फिकर बहुत है,
पर मां में लौटूंगी और ले जाऊंगी सारे घम तुम्हारे,
बस सुन लेना मेरी चीख जब ये दिल सिर्फ और सिर्फ तुम्हें पुक्कारे।

-Arpita Priyadarshini

भूख: एक चुनौती

आंखों में सपनों का सैलाब होता है
पर हाथों पर लगी मजबूरी की बेड़ियां
रोक लेती हैं उस मासूम इरादे को।
ढलते सूरज के साथ हर शाम
थोड़ा थोड़ा वो खुद भी अस्त होता है।
जब चूल्हे की आंच मध्यम होती है
तो वो झोंक देता है एक बार में
अपने सारे अरमान झटके से क्यूंकि
पेट की ज्वाला फिलहाल एक चुनौती है।
घर का इकलौता मजबूत कंधा भी
कभी कभी वो सहारा खोजता है
जिसपर सिर टिका कर, अपने सपनों को
आंसूओं के रास्ते बाहर फेंक दे।
फिर आंखों में कोई सपना नहीं बसेगा
बचेगी बस भूख मिटाने की चुनौती।

-Samiksha Verma
(IG: @_alan.krit_)

किस्सा जिंदगी का

जिंदगी एक जंग है
कोई लढता है
तो कोई छोड़ता है

जिंदगी हमें बहुत कुछ सिखाती है
कोई जिंदगी से प्रेरणा लेते हैं
तो कोई जिंदगी को ही छोड़ देते हैं

हमारे जिंदगी में बहुत लोग आते हैं
कहीं ना कहीं सिखाते जरूर है
हमे उनके धोके से भी सीखने का प्रयास करना चाहिए

हम जब जिंदगी से मोहब्बत करें
तो जिंदगी बहुत प्यारी लगती है
पर हमें जिंदगी के किस्से को समझना चाहिए

जिंदगी को भी कभी-कभी बोल दो
ए जिंदगी तू भी थकी होगी
मुझे दौड़ते दौड़ते
चल बैठकर चाय पीते

-Sangram Santosh Salgar
(IG: @sangramsalgarpatil144)

लड़के रो नहीं सकते!!

कुछ समस्याएं ऐसी भी हैं जिससे
हमें जूझना पड़ता है
ढककर हालातों को यूहीं गुमसुम
सोना पड़ता है
विडम्बना है कि कठोर स्वभाव
की संज्ञा दे दी गई हमें
इस दर्द को लेकर रात-भर
सोचना पड़ता है।

सच को झुटलाया नहीं जा सकता
कोई समझदारी तो कोई
संवेदनशीलता जताता है
दरिंदगी कोई एक करता है और
हर्जाना हम पर आ जाता है
ग़लत कहते है लोग की हम रो
नहीं सकते उस हद तक चुपचाप
घूटकर रोना पड़ता है।

कभी बेटी ,कभी प्रेमी, कभी बहन
कभी पत्नी को देख भावुक हो
जाता है

-Sanjay Naik
(IG: @the_poetry_wo)

<u>मेरी ज़िंदगी</u>

नमस्कार,

मेरा नाम शुभम त्यागी है,मेरी भी ज़िंदगी आम लोगों जैसी ही गुजार रही थी आप सब की तरह।

बोहोत से लोग आए मेरी ज़िन्दगी में बोहोत से चले गए।

पर सब नई कुछ ना कुछ सिखाया,कुछ नई अच्छा तो कुछ नई बुरा बनाया।

कुछ वो थे जो आज भी मेरे साथ है,ओर कुछ ऐसे भी जिन्होंने बोहोत रुलाए।

कुछ ऐसे शकश भी थे जिन वजह से को सब देखने को मिला जो कभी माई सोच नहीं था पाया।

वो भी थे जिन्होंने उम्मीद से ज्यादा साथ निभाया

कुछ ऐसे भी आए जिन के कारण ज़िंदगी के कड़वे हिस्से को समझ पाया।

कुछ ऐसे भी थे जिन्होंने प्यार का ढोंग किया और हकीकत से वाकिफ करवाया।

पर इन सब माई इक सामान्यता थी

पता नहीं शायद सब को मेरे से कुछ उमीद सी थी।

किसी को फिक्र थी अपने क्लास कि, तो किसी को था बाहर जाना।

कुछ को मतलब था खुद से, तो कुछ को दिखा मेरा कामना।

ओर इन सब के बीच खड़ा मै बस खुद से पूछता था हमेशा एक ही बात

सब का किया मैंने पर किया मिला मुझे सब कुछ खोने के बाद

सोचा अगर सब खुश रहे मेरी वजह से तो शायद माई भी हो जाऊंगा।

पता नहीं था सब के खुशी की खातिर खुद को ना समेट पाऊंगा।

मुझे थी फिक्र अन सब की जो साथ थे मेरे, पर किसी को भी मेरी चाह ना थी

थी तो बस जरूरत जो आज भी पूरी किए जा रहे है

और जिए जा रहे है

बस मै आज भी वही हूं जहां पहले कभी था
आज भी मेरा नाम बदला नहीं वही शुभम त्यागी है
पर अब मेरी ज़िन्दगी आसान नहीं
आप सब की तरह।

-Shubham Tyagi

(IG: @shubhamtyagi_osa)

वो भी क्या दिन थे

ज़िंदगी बहुत बड़ी है और साथ ही उसके साथ बनने वाली यादें भी बड़ी लंबी है। हमारे ज़िन्दगी में कई उतार- चढाव आते है और कई अनकही, अनसुनी किस्से देकर चली जाती हैं। उनमें बहुत तो ऐसे होते हैं जिन्हें हम भूलाना नहीं चाहते हैं। तो कुछ ऐसे जिन्हें हम याद भी नहीं करना चाहते। चाहे वो यादें किसी के साथ भी जुड़ी हो लेकिन हमेशा हमारे आखों के सामने मौजूद रहती हैं। किसी के लिए उनका बहतरीन लम्हा अपनों के साथ बिताया हुआ समय होगा तो वहीं किसी के उनके द्वारा की गई कोई मस्ती। सभी के जीने का अंदाज अलग है जिस कारण से सभी के ज़िन्दगी के किस्से अलग होना तो लाजमी है। कोई लीक से हट कर जीना पसंद करता है। परंतु कई की लीक पर चलकर ही जीना है। फिर भी अगर देखा जाए तो सभी अपने बचपन के ही किस्सों को सबसे ज्यादा पसंद करते है।

मेरी ज़िंदगी में भी बहुत से ऐसे क़िस्से है जिन्हें मैं भूलना नहीं चाहूँगा। लेकिन सभी किस्सों का जिक्र भी तो नहीं किया जा सकता है न। मेरे अभी तक के ज़िंदगी के लम्हों में जो मुझे सबसे जादा पसंद है वो है मेरे बचपन की दादाजी के साथ बिताए गए पल। जब मैं अपने दादाजी के साथ दीवाली के मौके के लिए चीजें खरीदने बाज़ार गया था। वहां हमने सभी चीजें खरीद ही लिया था की पता चला कि हमने जो प्रसाद के लिए मिठाइयाँ ख़रीदे थे वो हमारे पास है ही नहीं। अब, हम उसे ढूंढ़-ढूंढ़ के परेशान

-Ashutosh Kumar

(IG: @ashutoshgarg81)

(1)

बरसों बरस पुरानी कथनी,
जिसका मतलब कुछ और ही था।
उसे हमारे सभ्य समय ने,
कुछ और बना के बदल दिया।
कहते थे पुरखे अपने,
विदाई के वक़्त में,
बेटी डोली यहाँ से जा रही,
अर्थी है साथ में।
वहाँ से अब ना आना बेटी,
यहाँ ना कुछ अब तेरा है।
तू जो ये घर छोड़ रही,
बस आंसुओं का बसेरा है।

हुआ क्या है जिसके लिए लिखना पड़ा-
सन सत्तर की बात है,
दो बेटियों का बाप था,
कब तक रखता पराया धन,
तंग भी तो हाथ था।
ढूंढ लिया मनसेधू दो,
बांट दिया अपना एक दिल,
एक बड़ी को दे दिया।
छोटी में ही रहता था दिल।

पर आज -
समय की मार बड़ी तेज है।
कोई भी ना बच पाया है।
समय के आगे सीना ताने,
वो बिस्तर पर आया है।

पर याद नहीं है टुकड़ों की!
याद नही हैं दुखड़ों की!
सालों में ना आती याद,
ऐसा भी क्या हो गया!
क्या पिता-पुत्री के रिश्तों में,
वो पुरखों का रस घोल गया।
बस फ़ोन वहाँ से आता है,
कुछ फरमाया जाता है।
पराया धन थे ही वो दोनों,
शायद दिखलाया जाता है।
पर कमी तो कुछ है जरूर,
बेटियों को समझना होगा।
पिता-मोह ही छोड़ दिया,
या मोह पिता ने छोड़ा,
समझना होगा।
जिनको पाला, विदा किया,
है आज उन्हें क्यो भूल गया।
उन दोनों को पढ़ना होगा,फिर
अध्याय यहां क्यों छूट गया।

-Shreyas Apoorv Narain
(IG: @Mast_Maikash)

बिछड़ते वक़्त

बिछड़ते वक़्त आंखें अश्कों को छुपा रही थी,
लब बड़ी खूबसूरती से मेरे जज़्बातों को छुपा रही थी,
पर दूर कहीं दिल को गहराई में,
धड़कनें हमारे एक होने की
खुशियां मना रही थी।

-Najudah Tabassum
(IG: @tabassumwajdah)

When Life Said, "I Am Precious."

When I close my eyes every night, I wish to have a happy dream,
a dream of rushing to work, hurrying up to the local train.
It's been months at home: sleeping and resting
(all that we longed for in those busy days),
But it isn't much of a life, where exploring is all limited to dreams.
Dear Diary, I have stopped writing to you,
because I know you are bored of the same eat and sleep routine.

When I close my eyes every night, I fantasize a friends' meet.
From millions of excuses- " Sorry guys, can't make it today.
"to "#hope_to_meet_you_soon"
What an evolution we are going through! Isn't it?

When I close my eyes every night,
 I just pray to see more life.
And I pray it for all.
What nightmare this Covid is feeding!
Sleepless worried nights, fear of death...
The hypocrite mankind that craved death for little sorrows, also cries now,
for now, we know how precious life is.

-Shreeja Roy
(IG: @shreejaroy1999)

Glimpses of An Experience

It is rightly said that life is a drama. We character come and play our role. Everyone faces sweet and sour incidents in their life which teach them some lesson. Even I had a bitter experience which I cannot forget and it was a lesson for me as it has given me the transparency in a relationship. When I just completed my 12th board exams one of my good friend asked me to join an internship whose registration fee was Rs. 10,000. I forced my parents to get it registered. My parents tried to make me understand about the reality of such kind of internships but I was influenced a lot by her so I disagreed with their decision. Then I started taking classes there and slowly and gradually I realized that they just focused on their team members who have achieved laurels in their targets. My friend took the advantage of me and started earning good amount but she never paid any heed towards me. Innocently I always helped her but she took advantage of me. Then I realized my parents were the real well wishers to me and I repented for it. So, I have learnt one thing that a person should always listen to their parent's decision as they are the one who will never let us to fall in the trap of deceive people.

-Vedika Agarwal

(1)

Far away from here,
Lies a forest,
Which I choose to explore,
When the sorrows mount up.
The woods can absorb the sorrows that weigh my down,
While the weeds are busy laughing at my grief.

-Pratibha Kumari

(IG: @optimist_pratiba)

Zindagi Ek Kissa.

Kya kehna zindagi ke kisso ka.
Zindagi khud ek anokha kissa hai.
Alfazon me bayan kaise kiya jaye.
Kuch Ankahi baten bhi hai..
Kuch uljhe Hue se Rishte bhi hai.
Kuch Haseen Yaade bhi Hai.
Kuch Uljhi Hui paheliyan bhi hai.
Kuch sunhare Sapne bhi hai..
Kuch Khubsurat Tyohar bhi hai.
Kuch Sapnon Ki Talab bhi hai..
Kuch arsh ko chhune Ke Khwab Bhi Hai.

In Sab ke bavjud Zindagi To
Chalti rahti hai Rafta Rafta..
Aur hum uska luft uthate Rehte Hain muskurate muskurate...

-Isha Agrawal
(IG: @_isha.1110_)

Who Am I???

Let us not introduce ourselves as a Body which has a Form and a Name.
Actually, the Consciousness or the Soul that resides in us is Everything and can be called ' Me '!!
Rest everything which we call as my body, my eyes, my hand or foot, etc. is related to that 'Me '.

Where Do We Have to Reach??

Like all Rivers emerge from their origin only to lose themselves into the Sea,
in the same manner, we should make effort to go back to the Divine Power's embrace - who is also the source of our Birth.

Pain!!!

Nobody can take away Anyone's Pain,
But
They can help you to Create new Happiness and try to Diminish the Intensity of the Pain!!!

-Sweta Gupta Gandhi
(IG: @shubhani.gandhi)

Alone

Is jalim se duniya m ab sbhi sapne bebuniyadi se lgte h
Aaj bhi zindagi ke us mod pr khadi hu
Jha sbhi apne begane se lgte h

Bhut se Armaan h is dil m jinhe poora krne ki chahat h....
Pr meri kismat ko hr baar mujhse rooth jane ki khwaish h
Vo armaan ab khi khoye hue se lgte h ...
Aaj bhi
Jha sbhi.

Usool yhi h is duniya ka dusro ki khushi ke liye apne aap ko
girvi sa rkhna pdta h
apno ki chahat m najane kya-2 kurbaan krna pdta h ...
Dhoke se bhari is duniya m ab sbhi farebi se lgte h ...
Aaj bhi
Jha sbhi

Ab to marne ki chahat hi ek loti khwaish h jo is dil m zinda h
Kash koi is khwaish ko ahsan smjhkr hi poora krde ...
Is jalim si duniya m ab sbhi sapne bebuniyadi se lgte h
Aaj bhi.
Jha sbhi...

Aaj bhi zindagi ke us mod pr khadi hu ...
Jha sbhi apne begane se lgte h.

-Yashika Bhardwaj
(IG: @The._.royal._.bhardwaj_.7929)

Missing Me.

I remember when I was a member of happiness
But what happen is
Someone pulled me down into this sadness
And madness
And all I've got is
Pain press against my chest
And I suggest you to keep your mess
Out of my chest
Cuz all you have given me is stress
Don't tell me that you love me
When all you do is shove me
You're nothing but a hypocrite
Cuz you for you everything seems great
But can't you see this hate
So, don't come telling me everything is great
When it isn't
Just shut for a moment
Cuz I need to think about my emotions
Cuz I'm losing focus
How do you think I feel?
That what I fear
Is coming near
You know it gets so sad when you look at your reflection
Asking you a question
Like why did I chose the wrong direction
I just miss myself.

-Aman Sharma

(IG: @aman_shaan)

(1)

बहुत मशरूफ हो शायद
उन चीज़ों में जो मंज़िल
 तक ना पहुंचाये,
उन राहों पर जो सही
रास्ते पर ना पहुंचे,
अभी भी समय है मेरे यार,
थोड़ा सा संयम रखो
वो वक़्त भी आएगा,
जब खुले आसमान में उड़ने का
मौका भी होगा और दस्तूर भी,
वो उड़ान मंज़िल भी देगी सारे
अड़चनों को पार करके इतिहास
में अमर कर जाएगी ।।

~Abhilash Sharma
(IG: @_ankahe_alfaaz__)

हसरतें जिंदगी की

अभी कहाँ मुकम्मल हुई है हमारी मंजिल...
अभी तो बस राह मयस्सर हुई है...
शामिल कर लिए है जाने कितने ढेर किताबों के...
खुद की जिंदगी में मगर...
किसी ना किसी किताब की कमी की आस...
दिल के किसी कोने में हमेशा लगी हुई है...
अक्सर हँसते है ये दुनियावाले हमें यूँ दिनभर बस...
किताबों में डूबे हुए देखकर कि...
यूँ पढ़-पढ़ कर क्या हासिल कर लोगे मगर...
एक ही सलाह है हर इंसां से हमारी...
कि बचाकर रख लेना अपनी सारी हँसी को...
ये वक्त है जनाब इसे पलटते देर नहीं लगती...
आज हँसा करते हो जिन शख्सियतों पर तुम अक्सर...
कल को उन्हीं के आगे-पीछे अपना काम निकलवाने के लिए...
अक्सर घूमते नजर आओगे मगर...
फिर वक्त हमारे पास भी ना होगा कभी आपके लिए....सोच लेना....।

-Jyotsna Vyas

(IG: @J_v_quotes)

(1)

Kuch kisse zindagi me bohot hi anmol hote hen, na bhulaye bhulte hen Or na hi mitaye mitthe hen, kisse toh bohot hen, par usse sunne wale kam, bas aise hi chalti he zindagi ,liye bohot sare gum.

Kuch kisse khas hote hen jo lotke nai ati, bita hua lamha bhulaye nai bhulti, kitni haseen hoti he woh khusi ka pal, kuch aisa hota hathon me khinchke la lete woh gujra hua kal.

Yun toh sabki chal rai zindagi, lage huye hen khudko agae badhane me, akhir yahi toh dastur he, zindagi ka maja hi he, agae badhne me.

Bohot si yaden he man's me bitaye huye lamhe apno ke sath, woh pal vi kitna khusi deta he, muskan si ajati he, sochte hen agar unne kisson ko apno ke sath.

Ye kisse nai zindagi ki haqikat he, isse par karna hamara kam he, khusi se muskra le yad karke une lamho ko, akhir choti si he zindagi, kya matlb geron se ji lete he zindagi apno ki muskurahat se.

-Priyanka Patro
(IG: @Pari. 8562)

मेरी दुश्मन सिर्फ मेरी समझदारियाँ है!

मैं खुद ही तोड़ लेती हूं दिल अपना,
चूर चूर कर देती हूं अपना हर सपना .
और फिर खुद ही आजाद होती,
मेरी जुबान को बंद कर लेती हूँ .
अधरों तक आये लफ्ज़ो को भीतर धकेलती हूँ .
टूटे हुए दिल टूटे हुए ख्वाब
सबके टुकड़ो को समेटते समेटते
उनकी चुभन के दर्द को आंसुओ मे दिखाने
की बजाय भाग के बाथरूम मे खुद को
बंद कर लेती हूँ और नहला देती हूँ आंसुओ को भी .
शिकायते नहीं होती अब मुझसे
ना ही शिकवे करने का मन .
किसी का मौजूद ना होना
नदारद हो जाना
ज़िन्दगी मे बस एक आस होना
और वो भी नज़र ना आना
मायूस कर देता है मुझे ..
फिर बस अकेले बैठ के रोना
सबके सामने मुस्कुराना
सबकी चिंताए दूर करना
और जब मन भरा हो तकलीफ से
तब भी बस मुस्कुराना ...
वो बात और है की वो मुस्कुराहट बनावटी रहती है ...
लेकिन एक चीज जो मैंने महसूस की है वो ये की .
सब दोस्त है
हाँ सब अच्छे है

-Dwiza

(IG: @Silhouette__Emotions)

Mehman.

Mehman banke aya.
Ek esa kharibi
Kabhi nahi chaha.
Kyuki itna dard deta hai.
Dil ka nammu nishan tak nahi h.

Tooth chuke hai.
Baath sun kar.
Ab kon apna aur kon paray
Khayi baar dokha diya duniya ne.
Phir bhi khamosh rahe.

Khoyi nahi mila.
Iss raath ko sulajne Wala.

Hass rahe hai bahar
Logo ki salamath ke keliye.
Dil mein ek awazz hai
Jiska pata
Kisiko bhi nahi...
Kash ye Sab khawab hotha.

Sehana ki aadath hai.
Lekin aaj dil
Sirf Rona chahtha hai.

-Radhika Chejarla.
(IG: @my___own__quotes)

किस्से जिंदगी के

इतनी समझ तुझमें कहां,
कि तू ज़माने को समझ सके
जब तक तू ज़माने को समझेगा
जमाना तुझे समझ जायेगा
इतनें ठोकरें खायेगा,
कि तू चलना सीख जायेगा
बहकना तो दूर, महकना सीख जायेगा
गिरेगा बहुत बार, बिना ठोकरों का
चालबाज़ दुनिया में
चमकना सीख जायेगा
जिस दिन ज़माने को समझ जायेगा
तू यूं मुस्कुराकर जिंदगी जीना सीख जायेगा|

-सलोनी कुमारी
(IG: @Salonijaiswal78)

<u>**"पढ़ाने की सजा"**</u>

बात उस समय की है जब में कक्षा 12 वीं में ज्ञान भारती बाल निकेतन स्कूल,हरनावदाशाहजी में पढ़ता था।सर्दी का मौसम था, हमारे भूगोल के नए सर बजरंग लाल जी नागर सुबह 7:00 बजे से ही क्लास लेते थे। कोर्स का भार था और फिर उनको दूसरे विद्यालय में भी पढ़ाना जाना होता था। हम चार- पाँच दोस्त लड़कियों के बाद की बेंचो पर बैठते थे। सर्दी में सुबह-सुबह एक- दूसरे के कान पर फूंक मारना हमारे लिए एक मनोरंजन बन गया था। हम जब किसी दोस्त के कान या गाल पर फूंक मारते थे तो वो ठंडी हवा से ठिठुर जाता था जिससे आस-पास के स्टूडेंट्स भी डिस्टर्ब होते थे।सर यह सब देख रहे थे पर कुछ कह नहीं रहे थे। हम बार-बार यह किए जा रहे थे, सर ने फिर हमको बहुत डांटा ,बोले ,नहीं पढ़ना हो तो मत आया करो, दूसरों को तो पढ़ने दो,इतनी देर से देख रहा हूँ समझते ही नहीं हो ऐसा ही करना है तो कल से मेरी क्लास में मत आना। हम सारे दोस्त चुपचाप बैठ गए फिर रूम पर जाने के बाद हमने प्लान किया कि कल से क्लास में नहीं जाएंगे और ऐसा ही हुआ हम चार-पाँच दोस्त दूसरे दिन क्लास में नहीं गये।हालांकि हमारी शिकायत प्रिंसीपल सर से नहीं की गई थी। सर को हमारे बिन क्लास खाली लगी होगी और सर का भी मूड नहीं लगा होगा क्योंकि ठंड में कम ही स्टूडेंट्स आते थे। दो दिन बाद फिर से हमने समय पर क्लास जाना शुरू कर दिया और उस समय सर ने फिर हम पर ज्यादा ध्यान देना शुरू कर दिया था और धीरे-धीरे जल्दी ही हम सर के चहेते स्टूडेंट्स बन गए क्योंकि सर जो प्रश्न पूछते थे हम उनका सही जवाब दे देते थे। भूगोल के प्रैक्टिकल में भी सर का हमने पूरा साथ दिया। हमने सीख कर सर के साथ मिलकर पूरी कक्षा को प्रैक्टिकल का अभ्यास करवाया था। स्कूल छोड़ने के बरसों बाद भी सर मुझे पढ़ाई के लिए बहुत मोटिवेट करते हैं।

एक दिन में स्कूल नहीं गया तो राकेश जी सर ने एक दोस्त से लंच के बाद मुझे बुलवा लिया ।

उस दिन हमारी क्लास भूगोल के प्रैक्टिकल की प्रैक्टिस कर रही थी मैं लंच के बाद स्कूल गया और हम प्रैक्टिकल की प्रैक्टिस करने लग गए।

उसी समय राकेश जी सर आए और मुझसे बोले "तू सुबह स्कूल नहीं आया था ना जिसकी सजा मिलेगी" मेरा दिमाग खराब हो गया कि सर ने कभी नहीं डांटा न कभी सजा दी, यह हो क्या रहा है। इतने में ही सर ने कहा,जा चॉक - डस्टर लेकर आ, मैं चॉक- डस्टर लेकर आया तो सर ने कहा कि कक्षा ग्यारहवीं में जाकर प्रैक्टिकल के उपकरणों के बारे में जानकारी दें और लिखवा भी देना। पास ही मैदान में कक्षा ग्यारहवीं के स्टूडेंट्स बैठे हुए थे। एक तरफ सर कुर्सी पर बैठ गए और मैंने प्रैक्टिकल के उपकरणों को दिखा दिखाकर उनके बारे में जानकारी दी और बोर्ड पर भी लिखवाया । मैंने पहली बार किसी क्लास को पढ़ाया था,वो भी केवल मुझसे एक कम वाली को, मेरे हाथ पैर कांपने लगे थे लेकिन मैंने धैर्य और आत्मविश्वास से काम लिया और कंट्रोल कर लिया। वैसे तो मैं दोस्तों में तो खूब बोलता था लेकिन क्लास की बात अलग होती है। सारे उपकरणों की जानकारी के बाद 11वीं क्लास की छुट्टी कर दी गई और मेरी क्लास अभी भी प्रैक्टिकल की प्रैक्टिस कर रही थी। राकेश जी सर ने रुपए देकर गाजरें मंगवाई। हम सभी गाजरें खाकर रूम पर आ गये। मेरी जिंदगी का एक ऐसा किस्सा बन गया जिसको मैं कभी नहीं भूल सकता हूँ मैं खुद कक्षा 12 में और कक्षा 11 को पढ़ाना यह मेरे लिए बहुत बड़ी बात थी। इतने स्टूडेंट्स में से सर द्वारा ये काम मुझे सौपना मेरे लिए आशीर्वाद से कम नहीं था।

-ओम प्रकाश लववंशी 'संगम'

The Little Things in Life

The little things in life make a big difference. Of course, the big things in life do too, but we as humans only focus on the big things in life and leave out the small ones. The small ones are at times the ones which lead us to the big ones. Small ones are the cutest that add sweetness to our beautiful life. Just like how sugar and honey add sweetness to the confectionaries-sweets and candies. The laughs, and cheers, the moments where you startle your loved ones with surprises. And they do the same to you, and that is when the rippling waters of joy overflow. The small things in life make you enjoy your life even more even in moments of stress. The moments where you send gifts to your besties adds color to life. The little things in life curates an astounding life.

-Dipti David
(IG: @dipti_david)

(1)

Aaj fir dil ne khwaish ki hai!
Aaj fir dil ne khwaish ki hain,
Unse milne ki farmaish ki hain.
Pehle jaisa nayapan pyar mein ho,
Aur sunao aur btao isse aage kuch baat karne ki gujarish ki hain.
Vo school vali Dil se dosti nibhana ,
Dimag sirf padhai mein chalana.
Clz mein dusro ke dilo ko judte dekhna,
Aur apne dil pe kisi or ke dil ko flat hote dekhna,
Us dor ko fir se jeene ke numaish ki hain.
Aaj fir dil ne khwaish ki hain.
Is quarantine waqt mein khush bhi huor sahma hua bhi,
Khush hu pariwar ke sath samay bithane mein.
To dar hai kisi apne ka ya kisi apne se dur jane mein,
Iss virus ko yahi rokane ki sifarish ki,
Aaj fir dil ne khwaish ki.
Dil ki iss masumiyat or bholepan ko hamesha jawa rakhne ki iksha hain
Kya kare janab ye dil to bacha hain.

~Harsha Panjwani
(IG: @niharu_p)

Failure

Failing once doesn't mean full-stop
Success isn't showered from the top
Efforts should be put up non-stop
Rather than sit aside and drop

You are put up an entrance test
To bring out your very best
Why think about the rest
When it is your career quest

Never let yourself go low
Good things always happen slow
To your failure you should never bow
Rather just move on along with the flow

Failure isn't always the end
You are given a chance to amend
Losing self-confidence has become a trend
Wake up and work hard my friend…

-Sai Tejaswi Kalaga

जिंदगी का मोड़ मुजे कहाँ ले आया।

में जब अम्मी के पेट में थी तब मेरे अब्बा बहोत खुश थे क्युकी कुछ ही महीने पहले उनकी बड़ी बेटी का इंतकाम हो गई थी। अब्बो मेरी अम्मी को हमेसा दोषी मानते थे इस बात के लिए। उनकी उपर बेहत बार अत्याचार वी की थी। पर फिरवी में अम्मी के कुक में अहि गई थी।

में लकड़ी होके पैदा हुयी। अब्बो मेरे इतना ज्यादा खुश हुए थे जैसे उनकी बड़ी बेटी लौट आयी हैं। में बहुत ही ज्यादा खूबसूरत थी तो अम्मी ने मेरी नाम ब्यूटी रक्खी थी। अब्बो मुजे अपने जान से ज्यादा पेयार करते थे। मेरे हर ईच्छा पूरी कर देते थे।

जब बड़ी हुयी तो पता चला एक बड़े भाई वी हैं मेरी। पर वो मुजे पेयर नहीं करता था, क्यूंकि अब्बो मुजे ज्यादा पसंद करते थे।

जब 8 साल की थी तब मेरी एक एक्सीडेंट हुया था, जिसमें मेरी पेरू में सफेद दाग पाढ़ गए थे। अब्बो ने बोहत सारे डॉक्टर के पास लेके गए थे पर सही नहीं हुआ। जो दबाई में लगाती थी पेरू पर उससे पेरू में छाले पाढ़ जाते थे, बहुत तकलीफ झेली थी। फिर जैसे जैसे बड़ी हुयी मेरी नया नया बीमारी दिखाई देने लगे। लिवर में कुछ प्रॉब्लम दिखाई दिया तो अब्बो ने घर में एक आयुर्वेदिक डॉक्टर बुलाते थे। फिर बहुत समय बाद में ठीक हो गई थी।

जैसे जैसे बड़ी होती गई मेरी खूबसूरती वी बढ़ता गया। में मासूम वी थी ज्यादा। स्कूल की चौथी क्लास से ही लड़के तंग करते थे मुजे। में इंसाब चीज में ध्यान नहीं देती थी, क्युकी मुजे पढ़ाई में आगे बढ़ना था। बड़े होने के साथ साथ लड़कों ने मुजे तंगकरना वी बड़ा दिया।

मेरी जन्म की 2 साल बाद ही मेरी छोटी बहन पैदा हुयी थी। खुदा का सुकर हैं कि वो सुन्दर नहीं थी।वर्ना मेरी जैसी परेसानी झेलना पड़ता।

में जब ट्यूशन के लिए जाता था तब तब लड़के मुजे परिसन किया करता था। में जब क्लास 8 में थी, एक लड़का मेरी पीछे पढ़ गया था सिद्धत से। हाहा।

मैँ क्लास में हमेसा फर्स्ट हुआ करती थी। मुजे सारे टीचर पसंद करते थे। में शांत सी खूबसूरत लड़की थी। 10th की बोर्ड परीक्षा की बाद में ने विज्ञान विषय में पड़ने के लिए स्कूल चेंज की थी।

में एक बालिका विद्यालय में एडमिशन ली थी। फिरभी वो ल़डका मेरा पीछा नहीं छोर रहा था। फिर मेरी पीछे एक दिन घर तक आने की बजे से उसको मार वी खाना पाड़ा। फिर वी उसने हार नहीं माना। वो मेरे पीछा कारता रहा। फिर एक दिन मुजे लगा इतने दिन से वो लड़का मेरे पीछ गुम रहा हैं, हो सकता हैं कि वो मुजे स्वच्छा प्यार करता हैं। फिर में ने अपनी बात आगे बड़ाई। फिर बात होता था रोज उससे। पहली मोहब्बत का नशा इतना चड़ा की मुलाकात वी करने लाग गई थी।

फिर एक दिन यों हुआ कि वो मुजे शारीरिक संबंध करने के लिए पूछा। में ने माना करदी। फिर वी वो रोज एक ही बात करता रहा।

में ने गुस्सा होके बोला कि अगर एसा कुछ मन में हैं तो निकाह कारलो मुजेसे। पता नहीं उससे किस बात की जल्दी थी ,वो निकाह के लिए राजी हो गया।

जब मेरी उम्र 18 हुआ उसकी ठीक 15th दिन बाद हमने घर में बिना बताये किसीको निकाह करलि। लेकिन हम अपने अपने घर ही रह रहे थे। फिर एक दिन अब्बो ने हमे एक साथ स्कूटर पर देख ली थी। वही पकड़ के घर जाने के लिए बोला। जब मेरी निकाह देने की लिये सब सोच रहे थे तब में ने अपना मो खोल दी, कि में उससे निकाह पडली हैं।

मेरे अम्मी इसे टूट गए थ जैसे उनका स्वाभिमान टूट गया हैं।

मेरे अब्बो पागलपन पे ही उतर आए। सारे रिसतेदार परेशानी और शर्म से मुजे ताना सुना ने लगे कि में ने भाग कर निकाह करलि।

कानो कान सबको पता चल गया था। में सबकी नजर से गिर गई थी। समाज के सारे लोग मुजे तरह तरह की बातें सुनाने लगे।

में परीशान, खुदको अकेला, और बेसहारा मेहऱूस कर रही थी।

में छोटी थी, मुजे इतना हिम्मत नहीं था सब कुछ अकेला झेलने की। फिर जब में उससे बाते की, मुजे ले जाने के लिए अपने साथ, उसने बोला कि मेरा परिक्षा हैं, मुजे जल्दी बैंगलोर जाना हैं। उसने मुजे यहा अकेला छोर के चला गया। में ने लोगों की ताना, रिस्तेदारो की डांट सब कुछ अकेला झेली हैं। पर उस समय में अब्बो की नजर में मेने खुदको सबसे ज्यादा गिरा हुआ मिला।

फिरबी में ने अपनी पढ़ाई नहीं चोरी थी। जब 1 साल बाद वो लौटा वापस, उसने मुजे फिरसे तंग करना सुरों कर दिया था।

समाज की बाते, अब्बो की नाराजगी, सबकी नजर में एक बेहत गिरी हुयी लड़क पायी।

फिर में ने सोच लिया कि अब में उसके घर चला जाउंगी और लौट कर नहीं आना वापस।

फिर उसके साथ में उसकी घर चली गई। लेकिन मेरी ससुराल वालों ने मुजे वापस अपने घर वेज ने की कौसिश की थी। लेकिन में ना आयी वापस।

उसके कुछ ही दिन बाद वो मुजे छोर के फिरसे बैंगलोर चला गया।

ससुराल वालों ने ना खाना दिया सही से, ना रेहेने के लिए अच्छा घर। फिर वी में ने घर वापस ना लौटी। में बीमार होती रही।

6 महीने बाद मुजे हस्पताल ले जाना पड़ा क्यूंकि मेरी पेट में दर्द हो रही थी। पता चला कि किडनी में कुछ ख़राबी हैं। लेकिन कोयी मेरी केयर नहीं की। ना घर वालों ने खबर ली, ना सौहार ने। डॉक्टर कुछ दबाई लिख के दिए थे उससे दर्द तो चला गया लेकिन किडनी का प्रॉब्लम नहीं।

एक साल बाद जब उसको नौकरी मिला वो मुजे अपने साथ बैंगलोर ले गए। मेरी बातों पर उसने मुजे नरसिंह कोर्स में भर्ती करदी। फिर 1 साल की अंदर मेरी बीमारी फिर से तंग करने लगा।

वो मुजे अपने साथ लेकर तो गया था लेकिन ना अच्छे से खाना दिया, नहीं किसी बात की केयर की। मेरे पास एक फोन वी नहीं था कि में किसीसे बाते करो।

फिर में ने लडाई करके एक फोन ले ली थी उससे।

मेरी बीमार हूं ये बात में ने अपने घर में बोला। अम्मी बेहत ज्यादा परिशान हो गई थी।

में जिस कॉलेज में नरसिंह कोर्स कर रही थी वहां में ने अपनी USG करायी। पता चला कि एक किडनी की 50% खाराब हो चुका हैं। मैने उसको बोला कि इसे इसे प्रॉब्लम हैं किडनी में, आप मेरी इलाज करवाउ। लेकिन उसने मेरी बात नहीं सुनी।

महीने बीत ते रहे, किडनी और खाराब होता रहा। मेरी सेहत बिगाड़ ने लगी। अम्मी को सब कुछ बोला में ने, कि वो मेरे साथ एसा एसा कर रहा हैं।

अम्मी ने टिकट करबा के सीधा मेरे पास चला आय्रा। मेरी इलाज करवायी, एक किडनी 95% खाराब हो चुका था ताव तक। तो सर्जरी से एक किडनी

बाहर निकल ना पड़ा। मेरी सोहर सर्जरी के लिए राजी नहीं था, वो इस बात से राजी हुआ कि अगर किडनी बाहर ना निकाली तो बच्चे होने में परेसानी होगी।

सारा खर्चा मेरे अब्बो ने उठाए थे सर्जरी के।

सर्जरी के बाद में अपनी अम्मी के साथ अपनी घर चली आयी थी, क्यूंकि वो मेरा ध्यान नहीं रखने वाला ये मुजे पाता चल चुका था।

6 महीने में अपनी घर पर रूखी, फिर वी समाज की करबी बाते, अब्बो की बड़े आंखें मुजे रोज परीशान कारता था। में ने फिरसे उसके पास बैंगलोर चाला गया।

वो जालिम इतना स्वार्थी था, मेरे बच्चे होगा या नहीं वो चेक करने के लिए मुजे एक बच्चा लेने पर मजबूर किया। में पूरी तरह से ठीक वी नेही हुयी थी।

जब पेट में बच्चा आय़ा उसने मेरा जरा सा वी केयर नहीं किया। तकरीबन 4 बार में ने आत्महत्या की कोशिश की थी। पर हुआ नेही।

9 महीने बाद जब बच्चा दूनिया में आया, उसके जन्म लेने की खुशी में उसने एक ड्रेस तक नहीं लाया।

मेरी अम्मी ने सब कुछ भेजा मेरे लिए। मेरी छोटी बेहन ने शौपिंग कर कर के मेरी अड्रेस पर वेज देती थी। बहुत जिल्लत उठानी पड़ी। जब बच्चे का 6 महीना हुआ उसने मुजे अपने घर रख के चला गया और आज तक खबर ना लिया। ना मेरी, ना मेरी बच्चे की।

में अपनी घर रूखी। अब्बो अपनी पोते को पके इतना खुश था। जैसे असमान की सारे सितारे उनके पास हैं। उसके ठीक 3 महीने बाद मेरी गॉल ब्लैडर में स्टोन हो गया था। फिरसे एक और सर्जरी करनी पड़ी। पर उसने एक बार वी खबर नेही लिया। महीने बीत ते गए में कमजोर होती रही। मुजे अब बोन मैरो प्रॉब्लम वी हैं, जराउ में वी प्रॉब्लम हैं। में इतनी तकलीफ लेके जिंदा हूं बस।

अखिर गलती क्या थी मेरी?

क्यूँ मुजे इन 26 साल की उम्र में इतना सब कुछ झेलना पाड़ा।

में दूषि मानो? खुदको या फिर इस समाज को जिसने मेरी जिंदगी को जहर बना दिए? अपनी बच्चे का खयाल वी नेही रख पायी। जीना चाहती हूं, पर सिर्फ साँस चल रहा हैं।

ना किसीने साथ दिया, ना में चाह कर वी खुदको साथ दे सकीं।

जिंदगी का मोर मुजे कहाँ ले आया?

जिंदा हो कर वी लाश बनी हुयी हूं।

कोच लोगों के लिए ये दुनिया एक जन्नत जैसा हैं, मेरे लिए सजा से बढ़ कर कुच वी नेही।

हमारे समाज में इसे कयी लौग हैं जिनको दूसरों की जिंदगी उजार ना बेहत पसंद हैं। कयी लोग हैं इस दौर में जो जीने की आस जगाके, जिंदा ही मार देंगे।

जिंदगी की मोड़ ने इतना तो सीख दी हैं अगर समय रेहेते तुम अपना साथ नहीं दे सकते ना, तो फिर जिंदगीभर कोयी साथ नहीं देने वाला। इस दुनिया में कोयी किसका नहीं होता, खुद के लिए खुद करना पड़ता हैं। जैसे अकेले रोते हुए आए हूँ, ठीक वेसे हस्ते हुए और किसको रुलाते हुए जाना हैं ना? तो खुदकी लिए जीना सिखों। जिंदगी खूबसूरत बन जाएगी।

में ये बोल रही हूँ कि दूसरों को दुख पोचाके जियो, खुदको सही समय पर सम्हाल सिखों। बस इतना काफी हैं।

जिंदगी की इस मोड़ पे आके मुजे जिंदगी की पाता चाला।

समय का सही उपयोग और कदर करना सिखों, जिंदगी तुम्हें जीना सीख देगी।

-Ruma Begam

(IG: @Pachu338)

The Moments of My Life

To the moments which complete me
To the moments which reflect the true me
To the moments in which I was not only breathing.
To the moments in which I was actually living.
To the moments which do not need any cameras.
To the moments which are forever captured in my heart.
To the moments which were imperfect
To the moments which were unexpected
To the moments in which I laughed whole heartedly every
second
To the moments which enhanced me as a person
To the moments in which I've shed tears
To the moments which took away all my fears.
To the moments that made me brave
To the moments of which I am a still slave
These are the moments of joy
These are the moments of peace
These are the moments of happiness
And are a heavenly bliss.

-Tayyaba Tabassum
(IG: @The_fictional_lines)

Reverie Collections

Run the alarm clock out and start the sick conversation
Throw the tantrums on the line of my heart's station
Let the poison take control and feel the temptation
Where the bullet finds its home in my direction

Towards the center of the console let my soul drive
When the bells ring please be quite and don't start a fight
Can't you see it's dull and there's no trace of shine
Have my head in circles so can't find me in straight line

Where love is called a paradox in our perceptions
It can turn into hate hidden in the soul separation
And the beaches for the open heart on the vacation
Couldn't save myself from its looming annihilation

In the circumstance of broken hearts truth is lying
On the list of the dead our name is kept underlined
Finding parts of the lie in the snow, they were hiding
If it's only us then whom we are from keep running

Pulling the lively sheets on the carcass of our secret
Searching ourselves in the chaos of despair every minute
when the whole world fell short of the moments to create
Don't know why the time is wasted on this hatred

-Tamanna Bhatt

(IG: @Itstamannabhatt)

Dead World

I am falling in a grief;
Cause no one see's that I am in a great need...!!
The urge of having someone is just stabbing me;
I don't have any proof yet I can share my fantasies...!!

Maybe you or maybe he;
Can listen to me...!
But at last they can't indeed,
Maybe their ears aren't big or maybe their minds are filled
with memes...

These solitude words;
And this restless world,
Please notice the earth is dying,
By your great forsakes and misleads....

The Victim of this like me;
Wants this shit to be fixed...!!
Want the sphere to live in peace;
Yet we are just taking deep breath...!!

Cause universe is filled with blood and bones;
As they all have become stones...!!!!
There are no flowers no scent left;
Only thrones and ghost...!!!

-Divyanshi Goel
(IG: @_divz_goel_)

एक सवाल

एक सवाल सा रहता है तुझसे ज़िन्दगी
क्यों जी रहें है तुझे कभी बता मुझे तू भी

की अब कहीं जब वक़्त जब ना कटता तो
मुश्किल सी होती है
क्यों जी रहें है तुझे कभी बता मुझे तू भी

की अब थोड़ा सा मलाल सा रहता है
जब जब उलझा हुआ होता हूं
एक ख्याल सा रहता है

एक सवाल सा रहता है तुझसे ज़िन्दगी
क्यों जी रहें है तुझे कभी बता मुझे तू भी

खामोशी से मैं सारे दर्द छुपा लेता हूं
ना होए दूसरा कोई परेशान
इसलिए थोड़ा सा मुस्कुरा देता हूं

वो भी क्या दिन थे बचपन के
जहां ना कोई टेंशन थी
अब हर घड़ी प्रोब्लेम्स से गुजरा करते है

एक सवाल सा रहता है तुझसे ज़िन्दगी
क्यों जी रहें है तुझे कभी बता मुझे तू भी।

-Megha Mourya
(IG: @meghawrites2015)

<u>मै बदल गया हूं -</u>

कुछ किस्से मैं भूल गया
कुछ किस्से भूलने लगा हूं ।
बदल गया हूं मैं शायद,
या धीरे धीरे बदलने लगा हूं ।
जिस राह से गुजरने को मचलता था मन
अब उन रास्तों से सम्हलने लगा हूं
तलाश रहती थी नए सफ़र की मुझे
अब तो घर पर ही ठहरने लगा हूं ।
बदल गया हूं मैं शायद,
या धीरे धीरे बदलने लगा हूं ।
जो था उतावला-पन मेरे भीतर कहीं
बेवजह उसमें घुटने लगा हूं ,
अब ना सौक़ बचा, ना बची कोई चाहत
कुछ इस तरह मैं मरने लगा हूं ।
बदल गया हूं मैं शायद,
या धीरे धीरे बदलने लगा हूं ।

-अंकीतास
(IG: @ankeetaas)

जिंदगी तू ही बता

जिंदगी तू ही बता
तेरा इरादा क्या है
हर बात पर तेरा वादा क्या है
हाल बता दो एक बार
कल का क्या ऐतबार
कोई नया किस्सा
कोई नया हिस्सा
बात तेरी हर बार अलग
तू कभी कभी लगता है ठग
कभी तू कहानी बनाता
कभी तू किसी को अपनाता
जिंदगी तू ही बता
तेरा राब्ता क्या बता
मौका भी देता
चौका भी देता
हसी भी देता तू
आंसू भी देता तू
आखिर भाई इरादा क्या है
जिंदगी तू ही बता
तेरा वादा क्या है..

-Ms. Ishrat Jahan Noormohammed Khan

(IG: @Ishrat7755)

"कशमकश जिंदगी "

यूँ तो हर किसी के जिंदगी के कुछ किस्से होते ही हैं
पर हमारी जिंदगी का किस्सा बड़ा ही दिलचस्प है मेरे यार

कि जब हम एक कोने में बैठकर सिसक- सिसक कर रो रहे थे,
जब हमारी आँखों से आँसू नहीं थम रहे थे,
तब हमारे कुछ अपनें दूसरों की खुशियों में
पैर थिरका रहे थे!

कि जब घोर अंधियारी छाई थी हमारे जिंदगी में,
जब सहारे की जरूरत थी,
तब हमारे सबसे प्रिय मित्र मेरी जग- हंसाई कर रहे थे!

कि जब हमारे पैरों में छाले पड़ गये,
जब कदम डगमगाने लगे,
तब हमारे दिल के करीबी हमें ही गिराने की साजिशें करने
लगे!

किस्सा तो अनेकों हैं हमारे भी जिंदगी के पर दोषी किसे घोषित कर
दूँ?
आखिरकार मौका तो हमने ही दिया था और लोग भी अपने!!!
तो बुरा किसे कह दूँ???

-Namrata

(1)

Desire makes a goal. &
Goal makes dream. &
Dreams are makes life beautiful

-Avani Parmar
(IG: @_avani_k_parmar_)

किससे ज़िन्दगी के

किससे ज़िन्दगी के कुछ ऐसे हैं
कुछ खुशनुमा से तो कुछ गमो से लिपटे हैं,
कुछ मोहब्बत के किस्सों में
बिछड़ना भी जरूरी है,
कुछ ज़िमेदारी के तले दबे है तो
कुछ ख्वाहिशें अधूरी है,
मशहूर सारे हैं पर कुछ केहते है
तो कुछ चुप से है,
कुछ खामोश हैं चार दिवारी में तो
कुछ बदनामियों में आम हैं,
मशहूर तो सब हैं पर कुछ
केहते हैं तो कुछ चुप से हैं,
शोर हैं दिलों में पर जुबां चुप हैं,
किसी की मोहब्बत अधूरी है तो
किसी के सपने अधूरे हैं,
कहा हैं किसी ने रखो दोस्त थोड़े
यह दुश्मन भी कुछ अपने हैं,
किससे ज़िन्दगी के और भी है
पर फिलहाल इनमें ही हम उलझें है।

-Bushra Shaikh

(IG: @_pyaarlafzoonmain_)

(1)

ज़िन्दगी का एक किस्सा कुछ यूं पूरा रहा,
कि दोस्ती के चर्चे तो हुए दुनिया में
मगर साथ अधूरा रहा,
कहने को खुशियां बेशुमार थी,
बीते पलों से जुड़ी यादें हजार थी,
प्यार दोस्ती सबसे बढ़कर अपना रिश्ता रहा,
मगर हमारा साथ अधूरा रहा,
प्यार की नोक झोंक में हमने सालो गुज़ार दिए,
समझकर एक दूसरे को दूसरों के भी रिश्ते सवार दिए,
पर ना जाने कैसे इस सच्ची सी दोस्ती में
झूठ का कांटा चुभता रहा,
सारे चर्चे पड़ गए फीके और
यादों का सैलाब आंखो से बहता रहा,
पूरे हो गए हम भी बिछड़ने में,
और साथ हमारा भी अधूरा रहा।

-Neha Raghav
(IG: @ sabdokapitara)

जिंदगी!

आखिर क्या है ये जिंदगी? यादें? समझौते? अधूरी ख्वाहिशे? या कुछ और? जैसी जिसकी सोच वैसी उसकी जिंदगी। अगर बीते हुए कल में जी रहे हो तो यादें हैं ये जिंदगी। अगर भविष्य में जी रहे हो तो सपना है ये जिंदगी। अगर आपमें अपनी मर्जी से जी पाने की ताकत नहीं है तो समझौता है ये जिंदगी। अपने सपनों, ख्वाहिशो, को सच करने की काबिलियत नहीं है तो नीरस है ये जिंदगी।

जिंदगी आपकी अपनी सोच से बनती और बिगड़ती है। आप जैसा देखते हैं वैसी बन जाती है ये जिंदगी। यादें, सपने, ख्वाहिशे, ये सब एक हिस्सा है जिंदगी का पर पूरी जिंदगी नहीं। यादों के छोटे छोटे हिस्सों से बनती है ये जिंदगी। ये कह सकते हैं कि जिंदगी की बुनियाद यादें हैं। पर सच ये भी है कि यादों के खत्म होने से जिंदगी अपना वजूद नहीं खोती पर जिंदगी के खत्म हो जाने से यादों का वजूद खो जाता है। कुछ यादें खत्म होने से जिंदगी खत्म नहीं होती। जिंदगी से हर पल हर क्षण यादें पैदा होती है और मिटती है। आपकी जिंदगी में यादें जितनी ज्यादा होंगी जिंदगी को जिंदादिली से जीना उतना ही मुश्किल हो जाएगा। इसका मतलब ये कतई नहीं है कि जिंदगी से यादें ही खत्म हो जाये। यादें महज कुछ पल है जिंदगी के, कुछ अच्छी कुछ बुरी। जिंदगी की उन अच्छी यादें याद रखना है और बुरी यादों से सबक लेना है। इससे जिंदगी बेहतर होगी।

मैं जो कह रहा हूँ, ऐसा मैंने अपनी जिंदगी में किया है? अगर ये सवाल मुझसे पूछा जाए तो इसके जवाब में मैं ये कहुंगा कि मैं करना चाहता हूँ, कोशिश जारी है मेरी, पर सच यही है कि मैं अब तक कर नहीं पाया। ये सब कहना, लिखना जितना आसान है, करना उतना ही

मुश्किल। पर मेरी कोशिश जारी है और आखिरी साँस तक जारी रहेगी। एक समस्या खत्म होगी तो दूसरी खड़ी मिलेगी।

उम्मीद यही करता हूँ कि आखिरी साँस तक लड़ता रहूँ। और जब मरू तो कोई अफसोस ना रहे, ऐसा ना लगे कि मैंने जिंदगी काट दी, जी नहीं पाया।

-Jayant Jain

(IG: @jayant9280_chhajed)

"भूल गई हूं"

रोना तो छोड़ दिया है
पर मुस्कुराना भूल गई हूं,
सांसें तो चल रही है मेरी
पर जीना भूल गई हूं,
ना जाने क्यूं खामोश सी रहती हूं
पहले की तरह बक बक करना भूल गई हूं,
नाता तो सबसे है मेरा
पर अपनापन भूल गई हूं।
सबको समझ जाती हूं
पर शायद खुद को भूल गई हूं,
 सुबह तो रोज़ होती है
पर रात कब होती है
ये भूल गई हूं,
कैसे यकीन दिलाऊ
 की बेइंतहा मोहब्बत है तुमसे
फर्क बस इतना है की
अब हक़ जताना भूल गई हूं।।

-Divya Tiwari
(IG: @Daizy_tiwari)

वो रात

कभी सोचा नहीं था, कि एक रात बदल देगी
मेरी सारी दुनिया जहाँ एक पल खुशीयाँ थी
तो, दो पल दुख और दर्द।

इतने सपने इतने वादे
कया दो पल में हो गए अंजाने।
इतने सारे यादगार पल जो दिए तुमनें
कया दो पल में हो गए ये सब बेगाने।

तुमही तो कहते थे कि विशवास ही है प्यार
तो कया जब टूट गया विशवास तो खत्म हो गया प्यार।
तुमसे ही दिन था, तुमसे ही रातें
जब तुम ही नहीं रहे तो क्या है ये बातें।

तुम्हारी हर याद रूलाती है मुझे
कया ये तुम्हें वापस बुलाती है।
आखिर तूने ऐसा क्यों किया?
जब हाथ थाबंना था, तूने कया छोड़ दिया।

धोखा देना आसान है, विशवास करना मुश्किल
पर कया ये बातें हर किसी को समझ आती हैं?

-Reshma Anwar Shaikh

(IG: @reshmashaikhrs803)

"तुम्हारे लिखे खत को अब जलाना बाकी है"

दिल के हर जर्रे, हर दरार,

एक कहानी बुन रही है,

गढ़ रही है वो तुम्हे,

बना रही है वो तुम्हारी प्रतिमूर्ति,

लिख रही है वो तुम्हारे लिए कुछ खास,

अपनी गजलों से वो तुम्हे मशहूर कर रही है,

लोग कहीं तुम्हे न गलत मान बैठे, इसीलिए वो खुद ही खुद का सारा

कुशूर केह रही है,

कल जो हो के गुजरी दिल की दर्रारों से एक दर्द,

कहा उसने की अब हमें रहने को नया मकान चाहिए,

दर्द ने पूछा मेरे हृदय के अनगिनत दरारों से,

क्या तुम्हें वाकई दर्द का एहसास नहीं होता,

इतना सताया, इतना तड़पाया, इतना रुलाया, कभी कभी तो तुम्हे पूरी

पूरी रात जगाया,

और तुमने कभी मुझसे चले जाने को नहीं कहा,

दरारों ने दर्द से कहा,

तू जब जब दुखता है,

मुझे खयाल आता है उन सारे लमहातों का, जिसमे मेहबूब ने खुद को

मेरा हमदम बताया था,

मुझे खयाल आता है उन सारे गुजरी रातों का जब मेहबूब ने मुझपे

हर सितम ढाया था,

ख्याल आता है, उन जखमों का जो अभी तक नहीं भरे और ना कभी

भर सकेंगे,

और फिर कलमें गढ़ती है मेरे महबूब को,

आकृतियां देती है वो उसके स्वरूप को,
और जंग जो छिड़ी है मेरे और मेरे अंतर्मन में,
उस जंग में अब मुझे खुद की ही खातिर खुद को ही हराना बाकी है,
हाँ, तुम्हारे लिखे खत को अब बस जलाना बाकी है।

-Priya Jha
(IG: @_crystal_priya)

Beckoning Calls of Fate

I am Walking towards,
An unknown path,
I don't know where it will lead me
To which road or to which valley
Far away from my real fate
Or close to my destiny,

I don't know who is the real me,
Choosing this path before
I used to wander aimlessly
I refuse to give up when I learnt something
My supreme knowledge of existence and
a conscience of sanity

I will keep walking
To see where it leads me
Because when I started my journey
I was as clueless as a loner in her twenties
For a hope of an enlightenment
I kept walking along the path unknowingly
To find its destination that itself chose me

-Goldie Naik
(IG: @goldie_naik)

स्त्री शक्ती

आता है हर साल सुनहरा पर्व नवरात्री का...
फिर होती है स्त्री शक्ती के विभिन्न रूपों की पुजा,अर्चा,आराधना
और मांगे जाते है ना जाने कितने आशीर्वाद, वरदान और मनाया
जायेगा हर्षोल्लास में ये सुनहरा त्योहार.
फिर सालभर होते रहते अनगिनत हत्या,अत्याचार और बलात्कार...
चल रहा चारों ओर जाती-पाती, राजनीती का कारोबार..
हे स्त्री शक्ती जागो तुम, कोई नहीं यहा इस कलियुग में तुम्हारा
तारणहार..
अब खुद ही तुम्हे स्वयंसिध्दा दुर्गा, काली बनकर करना होगा
अत्याचारीयों का नरसंहार..
हर इंसान नहीं एक जैसा यहां,
तुम्हे बता रहा आज एक आदमी का हृदय तुमसे तुम्हारा श्रृंगार...

माँ

खुद दु:ख मे रहकर, लुटा दे खुशियाँ अपार..
माँ की ममता ही, तो है जीवन का आधार..
कोई किमत नहीं,जो उसके दिल में है प्यार..
फरिश्ता हैं वो, हैं धरतीपर भगवान का अवतार..
अपने सन्तान के लिए, अपनाये जो कई किरदार..
कभी गुरू,कभी सखी,करे माँ बनके उपकार..
ना समझ सका कोई, माँ के ममता का सार..

पिता

सबको दिखती है केवल माँ की ममता और माया,
पर पिता भी होता है जैसे कडी धुप में शितल छाया,
जिंदगी मे दिखता है केवल तपती धूप मे ही उनका साया,
दुनिया मे पिता का प्यार सबने होगा आजमाया,
पर शायद ही किसी के यह समझ मे आया,
त्याग इनका कोई आजतक समझ ना पाया...

तुम हो खुद समझदार

फुलों जैसी नाजुक तुम और काँटों जैसा सख्त मैं,
होती होगी उस गुलाब को भी चुभन,
पर खिलता है ना वह लाजवाब, मस्त मगन..
जबतक है एकदुजे के संग,जमाना ना करेगा तुम्हे तंग,
सोचा है कभी, ना रहूँ संग,तो कैसे लढोगे दुनिया से जंग...
इसलिये सबकी बातें सुन लो लेकिन मेरी बातों पर भी कभी गौर
फरमाना...
अच्छी लगती होंगी बाते, जब कहता है जमाना
पर मेरी कडवी बातों के पीछे छीपा अपनापन,
फिकर और सच्चा स्नेह कभी तो समझ जाना...
ये रूठने-मनाने का सिलसिला कभी ना होगा खतम और दर्द दिलों
के ना होंगे कम,
जबतक ना बन जाये 'मै' और 'तुम' से "हम"

-कमलेश प्रकाश पारतवार
(IG: @kp_unique_thinker)

जीना चाहती हूँ मैं

हा जरा अकेला महसूस करती हूँ
इसलिए अपनो के साथ जीना चाहती हूँ मैं ।
आज फिर मैं बंदिशो को,
तोड़ के ज़िन्दगी मैं जीना चाहती हूँ मैं।
बिना किसी सफर के बिना किसी मंज़िल का,
एक रास्ता होना चाहती हूँ मैं।
कही दूर पहाड़ो से गिरते,
झरने में कही खोना चाहती हूँ मैं।
जहाँ किसी गम का साया न हो,
वोह जगह जाना चाहती हूँ मैं।
आसमान में अकेले उड़ना नही चाहती,
अपनो के साथ खुशी से जीना चाहती हूँ मैं।
अंधेरे में बहुत जी लिये,
अब उजाला ढूढ़ना चाहती हूँ मैं।
दूरियां रिश्तो को खत्म कर देती है,
रिश्तो से दूरियां खत्म करना चाहती हूं मैं।

-Priya Srivastava
(IG: @R¡¥@ Srivastava)

Manuscripts:

Munchkins are like fresh manuscripts.
Veers around us what we invent!
Paint them white,
sincerity and virtue follow.
Color them black,
ominous spans throughout.
Beauty lies in the eyes of the beholder—
indicates the truth!
Why to unravel hatred, as it's widely dispersed.
Water love, orb desires to quench its thirst.
Future lies in hands of youth.
Prudently compose the creation,
as verdict reaps morale.
Embrace the world with affection or provokes massacre.

-Neena Taimoori

(IG: @neena_taimoori)

तमाशा

तमाशा बन कर ना रह जाना,
इस तमाशाई दुनिया में,
लोग सीने में घर बना कर,
खंजर सीने में खोपते हैं।
पहन के अपनेपन का नकाब,
फिर मय्यत पर कंधा देने,
यह लोग पहुंचते हैं।
करते अपनेपन का तमाशा है,
और कंधा देने यही लोग पहुंचते हैं।
जब वक्त उन से रुसवा होता है,
तब वह हमारे कब्र पर रोने आये,
याद करते हैं उन लम्हों को,
जब अपनेपन का नकाब लगाकर आते थे।
आज उनका दिल किसी ने दुखाया,
तो उन्हें गुजरा जमाना याद आया।
तमाशा जिन्होंने हमारा बनाया,
आज वो खुद तमाशा बन गए ।
उस वक़्त हमारा हाल ना पूछा,
हमारी बेबसी और टूटे दिल का हाल ना पूछा?
बड़ा इंतज़ार किया मेरी आखों ने,
जिंदा ना सही मेरे मारने के बाद मेरी कब्र पर तो आए।

-Parul Sunder

किस्से जिन्दगी के

अभी प्यार की कुछ बातें बाकी है
मेरे सपनों की रातें कुछ अभी बाकी है
मेरी जिन्दगी की दास्तां अभी अधूरी है
अभी मेरे डायरी के पन्ने कुछ ख़ाली से है
जुड़ने लगे हैं नए किस्से करवट लिया है वक्त ने
नए सिरे से बुन रही हूं मैं जिन्दगी के धागे
कुछ रिश्तों की कद्र और कुछ कद्र वाली रिश्तों से हुआ है प्यार
जो अनजाने थे मिले हैं करीबी बन के और जो अपने थे बिछड़े हैं यार
दिल जो जुड़े हैं वह फिर से ना टूटे
वक्त ने जो इम्तेहान लिए हैं बस और कुछ ना छीनें
जिन्दगी से बहुत कुछ सीखना है अभी बाकी
मेरे मंजिल की सफ़र है अभी बाकी

-Parwana Bibi

(IG: @parwanabibi)

One Day It Just Clicks

Sometimes things always don't
turn out the way you planned
Don't give up on your Dreams
Block your fears
Find a way to tackle your problems
Read more books, start writing
Research far behind what you hear
Excuses will always be there for you
But time won't
If opportunity doesn't knock your door
go in search of it and also prepare yourself.
You will surely win when your
preparation meets opportunity
Keep your head up. Stay strong
Things will get better
Just hold on a little tighter
One Day It Just Clicks

-From Your Dear Zindagi

-Keerthana Suriya
(IG: @Keethusm)

(1)

Kisse zindagi ka
Aaj b yaad h muja mera exam ka phela din
Aur uska mera liya batab hona
Pta h usa ki muja exams kise festival se kaam nhi lagta
Baan dhan ka aayo ge saag savar ka aayo ge
mera chara ki yo khushi pta h usa ki M badi khushi hoge
Khush to ti be M usi din uska liya b aur apne liya b pr kaha
bhagwaan ko mera milna pasand ta
Vo sadak ka us par maara padata aur M is par

-*Dulgach Pooja Singh*
(IG: @Saina. 007)

(1)

जिंदगी के हसीन लम्हों ने मिलकर
खूबसूरत किससे बनाए
ऐसे लम्हे जिन्हें सोचकर
दिल मुस्कुरा जाए।
लेकिन कुछ लमहें ऐसे भी
जिन्होंने किससों को गमगीन कर दिया
ऐसे लमहें जिन्हें सोचकर भी
दिल काप जाए।
फिर कुछ ऐसे लमहें जीवन के
जिन्होंने मजबूत बनाया
ऐसे लमहें जिन्हें याद कर
जीने की नयी चाह आए
पर जो भी हो इन लमहों में
ये हमारे जीवन के अटूट हिस्से है
इनहें याद कर
हम हसे ,रोए या खामोश हो जाए
ये हमारी जिदंगी के अनकहे किससे हैं।

-Poonam Agarwal
(IG: @poonamagarwal.1726)

Some Things Beautiful

She took the birth.
She looks so beautiful girl.
Yes, as like fairy with glamorous shining.
When she little grew up just as like a new plant.
Look so beautiful girl.
She was little girl.
Oh god! Whenever she smiles her face look as like upcoming flower buds.
She looks beautiful girl and grew up with beauty.
Yeah both external and internal beauty more and more glow.
Her deep heart has lots beauty as well honesty.
Now she tried !!!!
She went in the shining moon her face beauty more glow her tears seem shining stars.
She afraid;
She is ruins
When memories her beauty seen in mirror (seen herself).
Ohh!shuss.(in deep
Her beauty snatch in just 50 rupees threw acid not accepted the proposal for love.

B'coz she is beautiful.
[If boy like any girl and proposes her and she refuse /not accept the proposal so he have right to destroy the upcoming life.]
Sush!... Now everyone hates from her.
Some before called her beauty, now she calls ugly.
Earlier kids love her and kissed lots of love.
Now hated and spilt.
She is normal as like everyone
Yes, she is fine.
What happened? she doesn't have external beauty but having a beautiful heart and internal beauty.
But she is strong.

She have capabilities to say from the society"I am beautiful and no one can try to make me feel ugly .
Yes she is today love herself and say that I am beautiful and my smile feel jealous who hates me!
She is beautiful naah! "More pretty" girl.

-Shivani Bhardwaj
(IG: @nefelibatashivani.)

सिग्नल

आज सिग्नल पर एक दादाजी मिले। उनका नाम और पता तो मैं नहीं जानती पर जो भी थे बड़े अच्छे थे। मैं कार में बैठी थी और मेरी गोद में मेरी डॉल बैठी थी। मैं कार की खिड़की से बाहर देख रही थी। मैंने उन्हें देखा तो सोचा कि मैं अपना हाथ हिलाकर उनका अभिवादन करूं पर थोड़े संकोच के कारण मैं अपना मन मसोसकर रह गई। लेकिन फिर हिम्मत जुटाकर मैंने डॉल का हाथ पकड़ कर हिलाया। उन्होंने देखा तो थोड़ी देर तक वह चुप रहे पर शायद आत्मीयता, अपनेपन और बचपन को पहचान कर उन्होंने भी जवाब में हाथ हिलाया। यह सब कुछ पलों का था पर जैसे पूरे दिन की थकान उतर गई हो ऐसा महसूस हो रहा है। वहां से सिग्नल अचानक हरा हो गया और हम आगे निकल आए। पता नहीं वह किस ओर गए पर जो भी हो उनमें मुझे मेरे दादाजी का अक्स दिखा। एक पल के लिए लगा जैसे मेरे दादाजी ने ही मेरे लिए हाथ हिलाया है। उनकी आंखों में खुशी की चमक थी जैसे शायद वह भी मुझे अपनी पोती समझ रहे थे। उनके चेहरे पर हल्की सी मुस्कान थी जो इस बात का सबूत थी कि मैं भी किसी को हंसा सकती हूं, किसी को खुशी दे सकती हूं। शायद किसी ऐसे को भी भी जिसे इसकी सबसे ज़्यादा जरूरत है। आज का दिन जैसे परिपूर्ण हो गया।

-Sakshi Chopda

(IG: @sakshichopdasaki)

Pyara Ehsaas

allah ki rehmat wo mujhe mila,

allah ka darbar hamra ashinana

aksar wo mujhe wahan le jaya krta tha

rishte pe mehar manga krta tha

hath mera thame pyara sa ehsaas krata tha

wo paas hota to aas paas ka khyaal na hota

beshak wo pal kal ke hai

par ehsas aaj bhi nya sa hai

ankhein moonde hath failaye wo kuch mang rha hai

itna noorani chehra sach mein mera pyaar hai ya kisi farishte ki yaad dila rha hai??

maine apne hath uske hath ke neech rakhe hai

wo hairangi se mujhe dekh raha hai

samjhte hue bhi anjaan ban raha hai

mere dil ki awaj hai juban pe nahi aa rahi..

pta nhi tumne kya manga maine to akhri saans tak tumhe manga hai.

~Komal Kalsia

(IG: komalkomal9221)

(1)

किस्से जिंदगी के

जिंदगी की यह कुछ किस्से जब भी याद आते हैं.

वो अपनों के साथ बिताया वक्त आज भी महसूस होता है

वह प्यारी यादें आज भी याद आती है

वो दोस्तों के साथ की शरारतें आज भी चेहरे पर मुस्कान ला जाती है।

दिल चाहता है सफर जिंदगी का यूं ही खूबसूरत बितता रहे.
कुछ बातें कुछ यादें तो कुछ ऐसे ही किस्से जिंदगी के हमें याद आते रहे.

-Miral Dhokiya

(1)

Life is an interwoven structure of good and bad days. Sometimes it fails to impress us while in other days it brings us immense pleasure. So, live for each second without any hesitation. It is like a bicycle to keep the balance you need to keep moving. When you get stuck in one page of life you can never know what the other page might bring. One should never let a day of grief ruin the next day as there is a new opportunity standing on your door. Don't limit yourself. Let your soul to be free and go as far as it lets you. When you believe in your own goal it takes the desired shape. There can be mistakes on the way but it only gives rise to opportunities. On this way you conceive experience which adds to your memories. Cherish your memories as they make your life worth living. But for all this you need to free yourself from the constriction that has bounded you. Break through the narrow wall that brings impediments. All life is experiment. The more the experiment the better becomes your experience. Here moments are not always cheerful as it might bring some pain. But in the end, some of your greatest pain become your greatest strength. All that stays at the end is your zeal to strive through the problems and letting yourself free from the constricted world. Afterall life is all about those silly mistakes and their rejoicement at retirement. Because there is no regret but only lessons.

A. K. Anchal

(IG: @a.k.aanchal)

(1)

Solitary gifts me
the darkness of life.
The darkness that steals
the key of joy.

Alone,
I sit at a corner,
now, not hoping any light to come.
I know it's me and only me
who has got the strength?
to rise again and fight.

But,
my soul asks you all,
what so wrong have I done
to others
that everyone
leaves me alone.
But again,
speaks my soul,
It's better to be alone,
It's better to be alone
as the sun in the sky is always alone.

-Gunjan Kumar Panda

Flairs and Glairs, a platform by a student for the students. We are esteemed youth struggling to carve out our path for our future and we follow a basic mindset Since everyone is not born with all-round skills. Joining hands with people who are born to execute it with perfection is the best way to evolve. Self-Evolution is the need of the hour but, evolving as a community is what we strive for. The initiative as kickstarted by, Founder- Mr. Shubham Shah with the motive to utilize the skillset and talent of writing has now a team of 10+ people who are actively participating into newer forms of learning and discovering talents among youngsters. We Provide platform and services like Publishing opportunities, Open mics, Workshops, Hands-on training. Operating with Brand Name of Flairs and Glairs (Publication House), we offer the chance of elevating a passionate writer to an esteemed author With Brand name Teekhe Zasbaaat. We bring to you an opportunity to get accustomed with the Public Speaking and Presenting of Thoughts along with regular challenges to brush up your inking spirit. The newest initiative to extend our services we introduced in a new writing Platform- The Glittering Fables and Ink Over Tears.

We Choose to Fly Like A Falcon than to be a

Leg Pulling Crab.

To Know More: Infoline – 7781900870
Mail Us At-
flairsandglairs@gmail.com / info@flairsandglairs.in
Or Visit is at
www.flairsandglairs.com / www.flairsandglairs.in
Social Handles- @flairsandglairs @teekhezasbaaat